„Bóg nam zesłał vilcacorę"

„ Vilcacora leczy raka "

„ Żyj długo – Vilcacora " /gazeta/

Roman Warszewski

„Bóg nam zesłał vilcacorę"

Relacje
polskich
lekarzy:
Aliny Rewako
Jacka Belczewskiego
Jacka Kazińskiego
Marka Prusakowskiego

TOWER PRESS
Gdańsk 1999

Projekt okładki
Dariusz Szmidt

Fotografia na okładce
Renzo Uccelli

Zdjęcia
Alina Rewako - nr 1-4, 6-11, 13-19, 25, 26, 31-34, 36, 37, 40-43
Marek Prusakowski - nr 21
Roman Warszewski - nr 5, 12, 20, 22-24, 27-30, 35, 38, 39
Archiwum AMC

Rysunek barwny
Jarosław Wróbel

Opracowanie graficzne
Pracownia Graficzna „Linus"

Redakcja
Barbara Bukowska-Przychodzeń
Sonia Cynke

Korekta
Elżbieta Smolarz

Skład i łamanie
Jerzy M. Kołtuniak

Druk: Drukarnia „Stella Maris"
tel. (058) 307-57-66
fax (058) 307-53-20

Wydanie pierwsze

ISBN 83-87342-15-7
Indeks 396958

Vilcacora

***

„Zaraz padną **te** słowa" – pomyślałem. Stałem w zakrystii i wyraźnie słyszałem skupienie i ciszę, jakie biły z nawy głównej. Tłum był wprost nieprzebrany. Jeszcze większy niż w Lęborku, potężniejszy niż w Warszawie – największy ze wszystkich. Orunia dawała ostatnią okazję, by zobaczyć ojca Szeligę. Wiadomo było, że następnych spotkań nie będzie; pisała o tym prasa. Toteż na gdańskie przedmieście przyjechali ci wszyscy, którzy dotąd nie mieli okazji widzieć wiekowego salezjanina, jak również ci, którzy już go słyszeli, a usłyszeć chcieli raz jeszcze.

Mimo że spotkanie trwało już ponad godzinę, nikt nie niecierpliwił się i wszyscy karnie trwali na swoich miejscach. Ojciec Szeliga – osiemdziesięciodziewięcioletni polski misjonarz, od siedemdziesięciu lat pracujący w Peru, sędziwy odkrywca vilcacory – rośliny leczącej raka – potrafił znakomicie panować nad tłumem. „To kolejny jego talent – pomyślałem. – Jeszcze jeden...".

Znałem przebieg tych spotkań. To było już chyba dziesiąte z kolei. Mimo że ojciec Szeliga nigdy nie trzymał się sztywnych reguł i w zasadzie za każdym razem improwizował, już mniej więcej wyczuwałem, kiedy co powie. Wiedziałem, że zbliża się finał.

– Często, bracia i siostry, pytacie mnie o boskie miłosierdzie – padło wreszcie. – Jak to możliwe, że Bóg, który jest miłością i jest ze wszech miar dobry, zsyła na ludzi choroby i cierpienia?

Zawiesił głos. Ręce, które wznosił ku górze, mówiąc te słowa, znieruchomiały. Cisza stała się jeszcze głębsza, jeszcze bardziej

7

skupiona niż przed chwilą. Można było odnieść wrażenie, że wszyscy na moment wstrzymali oddech.

– Jak to możliwe? Jak?

Widziany od tyłu, w czarnej sutannie, wyglądał jak ptak mający za chwilę poderwać się do lotu. W pozie tej trwał przez kilka sekund. Jeszcze raz powiódł wzrokiem dookoła, a potem...

– Odpowiedź jest prosta – powiedział mocnym głosem. – Bóg zsyła na nas choroby – to prawda. Ale zesłał nam też vilcacorę. I człowiek roztropny powinien z tego skorzystać...

Doktor Alina Rewako bardzo wyraźnie usłyszała te słowa, bo stała gdzieś w tłumie, tuż obok głośnika.

Doktor Jacek Belczewski przeczytał je w relacji prasowej „Wieczoru Wybrzeża".

Doktorowi Markowi Prusakowskiemu zacytował je ktoś ze znajomych, kto przez kilka godzin stał w kościele na Oruni.

Doktor Jacek Kaziński znajdował się w tłumie kilka metrów od Aliny, choć nic o tym nie wiedział, bo wtedy jeszcze wcale jej nie znał.

I nikt z nich nie miał pojęcia, że to, co tego dnia było finałem spotkania, dla nich stanie się początkiem czegoś całkiem nowego...

ZAMIAST WSTĘPU

Gdy przylecieli do Peru, kiwali głowami i byli pełni sceptycyzmu. Nie wierzyli w to wszystko, o czym słyszeli.

Gdy wracali do Europy, nie trzeba było ich przekonywać: to już nie była kwestia wiary. Oni po prostu WIEDZIELI.

Kiedy przyjechali do Ameryki Południowej, to o czym najpierw tylko czytali i co znali z drugiej ręki, wydawało im się niemożliwe, a co najmniej mocno przesadzone.

Kiedy po kilku tygodniach pobytu w amazońskiej selwie i wśród andyjskich szczytów znów wsiadali do ogromnego jeta, który miał ich przenieść na drugą stronę Atlantyku, do tego niemożliwego (co teraz było już jak najbardziej realne) mogli dodać dalsze rewelacje.

Vilcacora – cudowne pnącze z amazońskiej dżungli – **leczy raka**. Co do tego nie mieli już żadnych wątpliwości. Ale nie tylko vilcacora. Bo vilcacora to zaledwie wierzchołek góry lodowej. Oprócz niej istnieje wiele, wcale nie mniej ważnych roślin leczniczych, skutecznie zwalczających najgroźniejsze choroby – w tym AIDS i raka. Jak najszybciej trzeba je odkryć dla świata, dla chorych, dla pacjentów. Dla tych, którzy – choć często już pozbawieni nadziei – nadal czekają. I czym prędzej należy przekonać do nich sceptyków – takich samych jakimi byli oni w chwili, gdy wylatywali do Peru.

Przez pięć tygodni – nie zważając na trudy, różnice temperatur i zmęczenie – przemierzali peruwiańskie bezdroża. Nie byli turystami ani poszukiwaczami przygód, jakich wielu przybywa do tego kraju. Byli czwórką lekarzy, bardzo serio traktujących swoją profesję i powołanie. I właśnie dlatego udali się na drugi koniec świata.

U początku – oczywiście – stał ojciec Edmund Szeliga i sensacja, jaką swym pojawieniem się wywołał w Polsce. Oni jednak nie do końca wierzyli jego słowom, choć książkę „**Vilcacora leczy raka**"[1] przeczytali co najmniej kilka razy. Jednocześnie zdawali sobie sprawę z potencjalnego znaczenia tego, co wynika z jej kart. Dlatego postanowili sami wszystko posprawdzać i po lekarsku zweryfikować; o wszystkim – jeśli tylko będzie to możliwe – przekonać się na własne oczy. **Wiedzieli, że ich świadectwo – świadectwo lekarzy – będzie mieć szczególne znaczenie; że ich słowa – z uwagi na wykonywaną profesję – mogą zyskać rangę dowodu.** Dlatego nie wahali się, nie szczędzili ani sił, ani starań. Pojechali w wysokie Andy, żeby zobaczyć, jak uprawia się legendarną manayupę i makę. Udali się do dżungli – do Iquitos i Pucallpy, gdzie Indianie nie chorują ani na zawał serca, ani na raka, ponieważ od stuleci piją wywar z vilcacory. Spotkali się z cudownie wyleczonymi – ludźmi dosłownie wyrwanymi z objęć śmierci. Rozmawiali z lekarzami, którzy w swej praktyce na co dzień stosują preparaty z roślin andyjskich oraz ziół rosnących nad Amazonką i osiągają bardzo dobre rezultaty.

Ich sceptycyzm najpierw zmieniał się w życzliwe zainteresowanie, a następnie w entuzjazm. Odwiedzali laboratoria, gdzie z kory amazońskich drzew wytwarza się ekstrakty i wypełnia nimi kapsułki. Wysłuchali wykładów największych autorytetów w dziedzinie fitoterapii i z wieloma z nich się zaprzyjaźnili. Brali udział w niezliczonych seminariach. Przekonali się, że **to, co z perspektywy Europy mogło wydawać się jedynie folklorem, tak naprawdę było w pełni rozwiniętą gałęzią wiedzy. Całym przemysłem. Przyszłością.** Rzeczywistość przerosła ich najśmielsze oczekiwania.

Dla każdego z nich podróż ta stała się wielkim przełomem. Każdego – w niepowtarzalny, indywidualny sposób – jakoś odmieniła. Choć egzotyka dalekiego Peru urzekła ich, nie to było najważniejsze. **Najbardziej liczyła się wiedza i niecodzienne doświadczenia, o które się wzbogacili.** Poczucie, że tym, czego dowiedzieli się w ciągu tych pięciu tygodni, koniecznie muszą podzielić się z innymi.

----
[1] Grzegorz Rybiński, Roman Warszewski, *Vilcacora leczy raka. Polski misjonarz o. Edmund Szeliga zadziwił świat*, Tower Press, Gdańsk 1999.

ROZDZIAŁ I

LIMA – CZYTAJ MOLOCH

NAWET W NAJŚMIELSZYCH MARZENIACH

Jacek Kaziński: Gdyby rok temu ktoś przepowiedział, że Amazonka będzie śniła mi się po nocach, a nazwy egzotycznych roślin staną się dla mnie tak swojskie jak nazwy leków, to na pewno bym mu nie uwierzył. Jeszcze raz potwierdziło się jednak, że los często jest bardziej niż nieobliczalny. Szczęśliwy traf sprawił bowiem, że rzeczywiście tak się stało. Pojechałem na drugą półkulę. Przeciąłem równik, płynąłem Ukajali i Amazonką. Dalekie podróże zawsze mnie interesowały, a egzotyka pociągała. Nie sądziłem jednak, iż kiedykolwiek uda mi się urzeczywistnić tak nierealne marzenia. Tym bardziej nie miałem podstaw, by sądzić, że będzie to wiązało się w jakiś sposób z zawodem, który wykonuję – z zawodem lekarza...

Alina Rewako: To, że będę mogła polecieć do Ameryki Południowej, mnie też najpierw wydawało się snem. W pierwszej chwili pomyślałam, że to całkowicie nierealny projekt. Nie mogę jednak powiedzieć: „długo nie mogłam dać temu wiary", ponieważ czas jaki upłynął od chwili, gdy po raz pierwszy usłyszałam o takiej możliwości do momentu samego wyjazdu, wcale nie był długi. W pewnym momencie wydarzenia zaczęły się toczyć tak prędko, że nikt z nas już nie był w stanie nad nimi zapanować. Sam pobyt w Peru też zresztą obfitował w tyle wydarzeń, spotkań i nowych, zaskakujących doświadczeń, że minął bardzo szybko, może nawet za szybko... Od tamtej pory w moim życiu zawodowym wszystko nagle zaczęło się zmieniać...

Jacek Belczewski: Ze mną było trochę inaczej. Nie zastanawiałem się, czy jestem, czy też nie jestem zdziwiony propozycją wyjazdu do Peru. Po prostu od razu zrozumiałem, że to niebywała okazja, z której koniecznie trzeba skorzystać. Przyjąłem ją jako coś normalnego, choć... – przyznaję – zaskakującego... Momentalnie pojąłem, że daje mi – młodemu lekarzowi – wprost niepowtarzalną okazję znalezienia się we właściwym czasie we właściwym miejscu, a pod względem zawodowym trudno byłoby taki wyjazd przecenić.

Marek Prusakowski: Już wiosną, gdy byłem konsultantem książki „Vilcacora leczy raka" i dotarły do mnie pierwsze informacje na temat medycznych rewelacji wiążących się z leczniczym zastosowaniem roślin z Peru, przemknęło mi przez myśl, iż – być może – jako lekarz powinienem się tym zainteresować. Wtedy jednak – zresztą jak każde z nas – byłem jeszcze zdecydowanym sceptykiem i niedowiarkiem. To, że roślinami pochodzącymi znad Amazonki można leczyć raka, łuszczycę czy stwardnienie rozsiane wydawało mi się mało wiarygodne. Toteż gdy zaproponowano mi: „pojedź i sprawdź swoim medycznym okiem, jak jest naprawdę", ani przez chwilę się nie wahałem.

Jacek Belczewski: Nigdy nie sądziłem, że trafię do kraju Inków i gdy powiedziano mi, że mogę wziąć udział w tej wyprawie, bardzo się ucieszyłem. W młodości czytałem „Tomka u źródeł Amazonki" Szklarskiego, „Wspomnienia z przyszłości" Daenikena i od dawna fascynowała mnie postać Ernesta Malinowskiego – polskiego inżyniera, który wsławił się zbudowaniem w Peru funkcjonującej do dziś pierwszej kolei transandyjskiej.

Wychodzę z założenia, że po wiedzę – jeśli trzeba – można udać się choćby na koniec świata, a **jedną z najważniejszych cech człowieka jest jego otwartość – w tym otwartość na nowe idee.** I tak właśnie było tym razem. Bo z jednego jasno zdawałem sobie sprawę od samego początku: **będę uczestniczył nie tyle w eskapadzie globtroterskiej, ile przede wszystkim w przygodzie poznawczo–intelektualnej.** Gdy w Amsterdamie na lotnisku Shiphol potężniał ryk

1. Za chwilę wyruszamy do Peru. Zbiórka w holu dworca w Gdańsku. Od prawej: **Marek Prusakowski, Alina Rewako, Roman Warszewski, Jacek Belczewski** i towarzysząca grupie **Małgorzata Prusakowska** - żona Marka. Jacka Kazińskiego na zdjęciu nie ma, bo do pociągu wsiadał nie w Gdańsku, lecz w Gdyni

2. Lima, poza kilkoma dzielnicami, to miasto bardzo biednych ludzi

silników odrzutowego kolosa, wiedziałem, że zaczyna się podróż, której cel stanowiło spotkanie z całkiem innym światem, inną rzeczywistością i inną medycyną. Taką, której – na razie – nie wykłada się na polskich akademiach.

GDZIE NIGDY NIE ŚWIECI SŁOŃCE I NIGDY NIE PADA

Zapiski z podróży:
Lima mnie zaskoczyła. Przede wszystkim wszechobecną tu mgłą, wciskającą się dosłownie w każdą szczelinę i podszywającą cały krajobraz ponurą szarością. Kraj tropikalny, na dodatek położony tuż pod równikiem, nigdy nie kojarzył mi się z miejscem stale spowitym mglistym całunem. A tu właśnie tak było! Bez kobierców kolorowych kwiatów, których się spodziewałem, ani jasnego, rażącego oczy słońca. Szaro, buro, smutno, depresyjnie. A wszystko za sprawą zimnego pacyficznego prądu Humboldta, który bardzo skutecznie wychładza tę część wybrzeża, gdzie wyrosło olbrzymie miasto. Znajdująca się w atmosferze para wodna nie może przecisnąć się na wschód ponad ścianą Andów i przez okrągły rok szczelnie otula Limę. Zjawisko to nasila się peruwiańską zimą, czyli w miesiącach, gdy u nas panuje lato. Wtedy właśnie następuje „wykraplanie się" cząsteczek wody i ich kondensacja w postaci mikroskopijnych drobin. Mieszkańcy fenomen ten nazywają „garuą". Garua w Limie zastępuje deszcz, który tak naprawdę nigdy tu nie pada. Ubranie jest wtedy zawsze lekko wilgotne, a metalowe zamki błyskawiczne po kilku dniach pokrywają się warstewką rdzy.

Brrr! Lima to paskudne miasto, proszę mi uwierzyć na słowo. Wprost dziw bierze, że aż jedna trzecia mieszkańców tego kraju zdecydowała się na osiedlenie w miejscu, gdzie nie tylko nigdy nie ma słońca, ale nawet porządnie nie pada!

Z notatek do artykułu:
Peru jest krajem wielce scentralizowanym. Wszystko lub prawie wszystko koncentruje się w stolicy. To chyba najcięższa część spadku, jaki na tym kontynencie pozostawili konkwistadorzy – przeżytek, z którym u siebie w domu do dziś nie potrafią poradzić sobie także Hiszpanie. Tutaj mieszczą się ministerstwa, wszystkie ważne urzędy, w jednym miejscu skupiono całe bogactwo i całą władzę. Ponieważ kraj jest biedny, na resztę jego terytorium nie przypada już nic, lub prawie nic. Właśnie dlatego – jak ćmy do światła – ludzie ciągną do stolicy. Dlatego interior kraju jest bezludny, a Lima tłoczna i przeludniona. Peruwiańczykom wydaje się, że w mieście łatwiej przeżyć niż na pustynnym wybrzeżu lub w kamienistych Andach. Że łatwiej tu o pracę, o pomoc jakiegoś dalekiego krewniaka, że szybciej uda się tu coś wyżebrać.

Zasłyszane:
W Limie wiele nazw zaczyna się od słowa „san", czyli „święty". San Isidro to nazwa jednej z dzielnic. San Marcos to patron sławnego uniwersytetu. Z kolei san pedro to halucynogenny kaktus, z którego miejscowi przyrządzają wyskokowy napój. Jakby tego było mało, jedną część miasta ochrzczono Jesus Maria. Nie, nie ma chyba takiego drugiego miasta na świecie!
Mimo to Lima wcale nie jest święta. Szafowanie przez stulecia słówkiem „san" naprawdę na niewiele się zdało. Właściwie Lima to jedno wielkie zaprzeczenie świętości! Są tu miejsca, w których – co powszechnie wiadomo – zbierają się płatni mordercy (a obok, jakby nigdy nic, przechodzą po zęby uzbrojeni policjanci) i ulice w całości zamieszkiwane przez zawodowych złodziei. A w najbiedniejszych dzielnicach dzieciom – żeby skuteczniej mogły wyciągać budzące litość kikuty – tasakami obcina się ręce...

Zapiski z podróży:
Nie ma jednej Limy. Jest kilka Lim, tak samo jak nie ma jed-

nego Peru. Jest jakby kilka różnych miast, istniejących obok sie-bie. Każda dzielnica jest inna – hermetyczna wobec tej, z którą sąsiaduje. Przepych, europejski standard i skrajna nędza – nic o sobie wzajemnie nie wiedząc – często graniczą ze sobą o rzut kamieniem. Są dzielnice, gdzie mieszka się w chatkach wznie-sionych ze skrzynek po pomidorach i takie, gdzie dostojne po-sesje otacza się fosą i murami zakończonymi drutem pod napię-ciem. Są też szkoły, gdzie jeden semestr nauki kosztuje kilka ty-sięcy dolarów, i takie, gdzie nauka jest darmowa, ale pieniędzy nie starcza na kredę do pisania na tablicy.

ŻYĆ I PRZEŻYĆ W LIMIE

Marek Prusakowski: Już pierwsze obserwacje wiele nam wyjaśniły. Natychmiast zorientowaliśmy się, gdzie jesteśmy, do-kąd przylecieliśmy. Wystarczyło uważnie patrzeć przez okno mi-krobusu, którym z lotniska jechaliśmy do hotelu, a wszystko od razu stawało się jasne: ogromna większość mijanych po drodze zabiedzonych ludzi nie miała dostępu do systemu ochrony zdro-wia ani do żadnych konwencjonalnych lekarstw. Co najmniej dwie trzecie tych, których widzieliśmy, znajdowało się poza za-sięgiem medycyny tak pojmowanej, jak rozumie się to w Euro-pie.

Jacek Belczewski: Jednocześnie jednak nie byli to wcale ludzie, którzy nie potrzebują pomocy lekarskiej. Wręcz przeciw-nie. Wszędobylska wilgoć i ogromne zanieczyszczenie środowi-ska – spowodowane milionami samochodów tłoczących się i w centrum, i na peryferiach – nie pozostawiały co do tego naj-mniejszych złudzeń. To nie byli zdrowi ludzie. Pamiętam, że już pierwszego wieczoru zacząłem się zastanawiać, jak to się dzieje, że oni w ogóle żyją? Właśnie – jak to możliwe? Na pierwszy rzut oka graniczyło to wręcz z cudem!

Jacek Kaziński: Później, gdy mieliśmy już okazję zapoznać się ze statystykami opublikowanymi przez peruwiańskie Mini-

3. „Co dzisiaj zjem na obiad?"

4. Nawet pucybut często bywa bezrobotny...

sterio de Salud i wytłumaczono nam zasady działania miejscowego systemu ochrony zdrowia, te pierwsze wrażenia znalazły swoje potwierdzenie na papierze. Z danych, które nam udostępniono, wynikało, że 70 procent mieszkańców Limy cierpi na chroniczne schorzenia reumatyczne, a 60 procent skarży się na nieustanne kłopoty z układem oddechowym – przede wszystkim z gardłem i płucami. Powszechne są też grzybice oraz choroby skórne, po części spowodowane stałym zanieczyszczeniem wody i powietrza.

W Limie, inaczej niż w pozostałych częściach Peru, wysoka jest też zachorowalność na nowotwory. Dane te były tym bardziej przygnębiające, iż statystyki oparto na badaniach obejmujących niespełna 40 procent mieszkańców peruwiańskiej stolicy. Do pozostałych 60 procent ankieterzy po prostu nie zdołali dotrzeć. Dziwne? Nie do końca. Wszak ten pozostały odsetek limeńczyków mieszka w tzw. „pueblos jovenes" – dzielnicach nędzy – gdzie nasycenie chorobami jest jeszcze wyższe niż gdzie indziej.

Alina Rewako: Ankieterzy tam nie docierają, ale my dotarliśmy. Co prawda udało się to nie w Limie, lecz w Iquitos, i nie na początku naszej podróży, a dopiero pod jej koniec, ale to w zupełności wystarczyło. Motorikszami, stanowiącymi połączenie motoru z gondolą karuzeli, pojechaliśmy do dzielnicy Belén (czyli Betlejem), wznoszącej się na brzegu jednej z odnóg przepływającej w pobliżu Amazonki. Było to niezapomniane przeżycie. A zarazem jedno z bardziej przerażających. Na pierwszy rzut oka cała dzielnica wyglądała niczym złożona z tysięcy chat stojących na szczudłach; chat – a raczej skleconych byle jak drewnianych bud – wzniesionych na bardzo wysokich palach. Dzięki temu w okresie przyboru wód Amazonki podłogi owych domostw znajdowały się nadal nad powierzchnią szeroko rozlanego nurtu. Okazało się, że w porze suchej, a więc właśnie wtedy, kiedy tam byliśmy, cała dzielnica zyskuje nowe dodatkowe piętro, nowy poziom. Między ziemią a wznoszącymi się kilkanaście metrów wyżej budami wyrosło całe miasto. Mieszkańcy chat

5. Iquitos-Belén: Chaty wyglądały jakby stały na szczudłach

6. Lima-Moterrico. W ogrodzie doktora Felipe Mireza. Pierwszy od prawej: **Jacek Kaziński** (zabrakło go na zdjęciu z Gdańska). Trzeci od prawej: doktor **Felipe Mirez**

swoje naturalne potrzeby załatwiali dokładnie ponad talerzami tych, którzy zimowe obozowisko rozbili kilkanaście metrów niżej. Wprost trudno opisać zaduch i odór, jakie się tam unosiły! Przyznaję, że nie mogłam na to patrzeć! Była to najbardziej naturalna wylęgarnia cholery, czerwonki i duru brzusznego. Nie dojechaliśmy do brzegu rzeki. Czym prędzej zawróciliśmy!

Jacek Kaziński: Ale – co ciekawe – ani tam, ani w Limie cholera nie przybierała rozmiarów epidemii. Jak to możliwe? – cały czas łamaliśmy sobie nad tym głowy...

Marek Prusakowski: Było to tym dziwniejsze, że wkrótce dowiedzieliśmy się, jak drogie są w Peru wszystkie usługi lekarskie, jeśli ktoś nie jest ubezpieczony. Natomiast na ubezpieczenie mogą liczyć tylko ci, którzy mają stałe zatrudnienie. A co z pozostałymi sześćdziesięcioma procentami? Wszak właśnie tyle wynosi bezrobocie w Limie...

QUEROS – LUD, KTÓRY NIE UMIERA

Jacek Belczewski: Lima to jeden biegun. O drugim, już po kilku tygodniach naszego pobytu w Peru, opowiedział nam doktor **Felipe Mirez**. Jest to człowiek naprawdę niezwykły. Rozmowy z nim zrobiły na nas ogromne wrażenie. Długo staraliśmy się o spotkanie, ale w związku z jego licznymi podróżami zagranicznymi nie było to łatwe.

Alina Rewako: W końcu do wygospodarowania kilku godzin dla nas skłonił go – jak mi się wydaje – argument, iż powodem naszej podróży do Peru była opublikowana w Polsce książka o ojcu Szelidze. Dr Felipe Mirez – znany chirurg onkolog – jest uczniem ojca Szeligi i przez wiele lat pracował w założonym przezeń instytucie.

Z dossier doktora Felipe Mireza:
Lat 55. Absolwent wydziału medycyny Uniwersytetu Cayetano Heredia w Limie. Przez wiele lat pracował w Szpitalu Onko-

logicznym, w Szpitalu Ubezpieczenia Społecznego w Limie oraz w Instytucie Fitoterapii Andyjskiej. Autor licznych prac z dziedziny chirurgii i onkologii, uczestnik międzynarodowych kongresów i sympozjów, prekursor południowoamerykańskiej medycyny holistycznej, a więc takiego podejścia do pacjenta, w którym widzi się całego człowieka, a nie tylko jego poszczególne narządy. Z uwagi na nowatorstwo swoich metod leczniczych, obejmujących – prócz metod tradycyjnych – także chromoterapię, irydologię i homeopatię, zrezygnował z pracy w placówkach medycyny konwencjonalnej i obecnie prowadzi prywatną praktykę lekarską. Niektórzy twierdzą, iż ma niezaprzeczalny dar jasnowidzenia, dzięki czemu jego kuzyn, słynny generał Alejandro Montesinos mógł zlokalizować kryjówki terrorystów z organizacji bojowej im. Tupaka Amaru i zaaresztować wszystkich najgroźniejszych przywódców tej organizacji...

Marek Prusakowski: W czasie jednej ze złożonych mu przez nas wizyt, doktor Mirez opowiedział nam o plemieniu Indian Queros, którzy uznawani są za najbliższych potomków dawnych Inków – za ludzi, którzy w postaci najczystszej zachowują stare, prekolumbijskie tradycje. Plemię to zamieszkuje wysokie partie gór na wschód od Cuzco. Żeby tam dotrzeć, należy odbyć blisko pięciodniową podróż – najpierw zdezelowanym autobusem w okolice Paucartamto, potem na grzbiecie osła lub muła, a jeszcze dalej pieszo. Nieustannie pod górę, bezdrożami, piąć się trzeba co najmniej trzy dni. Mija się bezludną „punę"[1], osiąga granicę wiecznego śniegu, by potem zejść trochę niżej w doliny. To trudna wyprawa i niezwykle mozolna. Jednak po osiągnięciu celu staje się oczywiste, że wysiłek wart był podjęcia. Jak mówi doktor Mirez: „wkraczamy wtedy w całkiem inny świat, spotykamy całkiem innych ludzi..."

Ze szkicu do artykułu o Indianach Queros:
Queros są chodzącą zagadką. To grupa etniczna, którą nale-

----
[1] puna – (hiszp) półpustynny obszar śródandyjski.

23

żałoby dokładnie i precyzyjnie przebadać. Główna trudność polega na tym, że Indianie ci zdają sobie sprawę z własnej odmienności, oryginalności i niepowtarzalności i nie chcą być traktowani jak króliki doświadczalne. Trudno pozyskać ich zaufanie. Dla przybysza z zewnątrz – szczególnie dla gringo, Europejczyka czy Amerykanina – to prawie niemożliwe. Jednym z nielicznych wyjątków jest właśnie doktor Mirez, który zaprzyjaźnił się z miejscowymi „curacas"² i bliżej poznał kilkanaście indiańskich rodzin. Co najmniej dwa razy do roku odwiedza ich siedziby i teraz przyjmowany jest tam jak członek tubylczej wspólnoty. Dlatego jak nikt inny poznał zwyczaje oraz najgłębiej strzeżone tajemnice Queros. Można powiedzieć, iż i pod tym względem udał się śladem ojca Szeligi: Szeliga przez długie lata pozyskiwał zaufanie Pirów i Machiguengów. Doktor Felipe Mirez uczynił to samo, poznając Indian Queros...

Z rozmowy z doktorem Mirezem:

FELIPE MIREZ: *Queros żyją w absolutnej harmonii z otaczającą ich przyrodą. Nigdzie się nie spieszą, bo nie mają dokąd. Niczego nie chcą, bo wszystko, co jest im konieczne do życia, posiadają. Są naprawdę szczęśliwi. Dzięki temu, że mieszkają tak daleko od cywilizacji i że ich wioski położone są powyżej pięciu tysięcy metrów nad poziomem morza – a więc ktokolwiek przybędzie do nich z zewnątrz, musi natychmiast zawracać, z powodu zbyt małej ilości tlenu – żyją tak jak przed wiekami. Zachowują tradycję Inków w formie najczystszej – niczym w kapsule czasu. Zawsze, gdy do nich przybywam, mam wyrzuty sumienia. Doskonale wiem, że jestem intruzem w tym świecie sprzed wieków. Wiem, że jakkolwiek bym się starał, w pewnym sensie burzę ich rzeczywistość, którą – po moim wyjeździe – muszą pieczołowicie odtwarzać.*

ALINA REWAKO: *Czy mógłby nam Pan pokazać jakieś ich zdjęcia?*

----
² curacas – (hiszp.) wodzowie.

24

Peru jest jednym z największych krajów Ameryki Południowej

FELIPE MIREZ: *Mimo że byłem tam już kilkanaście razy, praktycznie nigdy nie użyłem aparatu fotograficznego. Po tylu latach, po tylu wizytach mam tylko dwa zdjęcia z Queros. Fotografowanie to też forma ingerowania w ich świat, zakłócanie spokoju. Tego chcę zdecydowanie uniknąć. Wolę wiedzieć, że*

25

za kilka miesięcy, z czystym sumieniem, znów będę mógł do nich powrócić.

JACEK KAZIŃSKI: Czy Queros są tym słynnym, najbardziej długowiecznym plemieniem z Ameryki Południowej?

FELIPE MIREZ: *Rzeczywiście – to oni. Queros żyją po 120, 130 lat! To u nich norma! Ich świat – choć znów zabrzmi to jak bajka! – praktycznie nie zna śmierci! W ciągu ostatnich kilkunastu lat, od kiedy ich odwiedzam, zmarły tam tylko dwie osoby! Zmarły? Nie, to niewłaściwe słowo. Odpłynęły, odeszły... Byłem świadkiem jednej takiej śmierci. Ten, który rozstawał się z życiem, siadał i czekał. Intonował cichą pieśń i z nią na ustach z wolna... odpływał. Odchodził, kropla po kropli wysączało się z niego życie, a on wciąż śpiewał, śpiewał, śpiewał... Wraz z ostatnim słowem pieśni, zamierającej wraz z nim, przechodził na drugą stronę. Było to niezwykle piękne, wzruszające. Tak!, sposób w jaki odchodzą Queros jest... PIĘKNY! Ich śmierć nie ma w sobie nic z brutalności, z którą zwykle nam się kojarzy. Dzięki Indianom Queros zrozumiałem, a przede wszystkim poczułem, że... tak naprawdę wcale NIE MA ŚMIERCI!*

Alina Rewako: To było jedno z pytań, jakie zadał nam doktor Mirez w czasie naszej pierwszej wizyty. Bo – to także bardzo symptomatyczne i być może najlepiej pokazuje, jakim jest człowiekiem – zanim zaczęliśmy wypytywać go o wszystko, co nas interesowało, z jego ust padło: „Czym jest śmierć?" Szczerze mówiąc, gdy to usłyszałam – zaniemówiłam. Właśnie – bo czym tak naprawdę jest śmierć? Jakże rzadko nad tym się zastanawiamy! Jakże rzadko robimy to również my, lekarze, ludzie – którzy nieustannie ocierają się o śmierć i którzy próbują się jej przeciwstawić!

Czym, czym tak naprawdę jest śmierć? Czym jest życie? Dziwne, że musiałam przyjechać aż do Peru, żeby zacząć się nad tym zastanawiać i na nowo zadawać sobie takie pytania!

Jacek Kaziński: Ja też oniemiałem, gdy usłyszałem te słowa. Poczułem się tak, jakbym znów był na studiach i zdawał jakiś ważny egzamin. „Nadeszła godzina prawdy. Jacku Kaziński, trzymam za ciebie kciuki!" – pomyślałem sam o sobie. Bo czym tak naprawdę jest śmierć? Czym? Jednocześnie zacząłem zazdrościć pacjentom doktora Mireza. Samo pytanie, jak i to, że zostało zadane właściwie na powitanie mówiło, kim on jest: jakim wspaniałym CZŁOWIEKIEM...

Z rozmowy z doktorem Mirezem:
FELIPE MIREZ: *Śmierci naprawdę nie ma. Jest tylko zmiana postaci energii – tej energii, którą jest życie. Indianie to wiedzą, wiedzą już od tysiącleci. Dlatego śmierci się nie przeciwstawiają, lecz intonują pieśń na jej powitanie. Nie można przecież przeciwstawiać się czemuś, czego... tak naprawdę nie ma!*

Marek Prusakowski: Siedziałem i po prostu nie mogłem uwierzyć własnym uszom. To, co mówił Mirez, wydawało się właściwie oczywiste. Z drugiej strony – powiem szczerze – nigdy w ten sposób nie myślałem o śmierci. Nie zastanawiałem się nad nią aż tak dogłębnie, nie widziałem od tej strony. Nie miałem czasu? Nie chciało mi się? Bałem się tego rodzaju pytań?

Nie wiem, naprawdę nie wiem, także teraz trudno jest mi to rozstrzygnąć... Pamiętam, że pomyślałem sobie – choć sam jestem lekarzem – chciałbym mieć takiego lekarza, jakim jest doktor Mirez i nie żałowałbym czasu na siedzenie w kolejce, czekając na wizytę u niego.

Z rozmowy z doktorem Mirezem:
MAREK PRUSAKOWSKI: *Zatem jeśli śmierci nie ma, czy możemy pacjentom pozwalać umierać?*
FELIPE MIREZ: *Nie, oczywiście że nie. Chodzi o coś całkiem innego. Łagodne przechodzenie życia w śmierć, z jakim zetknąłem się u Indian Queros – przemiana jednej postaci energii w nieco inną jej postać – pokazuje, że we wszechświecie wszystko z wszystkim bardzo ściśle się łączy i niewidzialnych ni-*

27

ci, które zamieniają kosmos w jedną wielką całość, jest nieskończenie wiele. Z tego, dla nas lekarzy, mogą wynikać niezwykle ważne wnioski...

JACEK BELCZEWSKI: *Jakie?*

FELIPE MIREZ: *Po pierwsze: niewidzialnych nici nie wolno szarpać ani nadwerężać. Im łagodniej, im bardziej harmonijnie się z nimi obchodzimy, tym są trwalsze, tym trudniej je zerwać.*

MAREK PRUSAKOWSKI: Tym dłużej jedna postać energii może trwać niezmieniona. Czyli – tym dłużej może trwać życie...

FELIPE MIREZ: *Właśnie!*

ALINA REWAKO: A co temu sprzyja?

FELIPE MIREZ: *Są dwa niezwykle ważne, a znakomicie uzupełniające się czynniki. Pierwszym jest częste stosowanie roślin leczniczych, szczególnie takich, które mają wyraźne działanie profilaktyczne (bo wtedy właściwie się nie choruje). Drugi czynnik to odpowiednia dieta...*

Ze szkicu artykułu o Indianach Queros:

Indianie Queros są mistrzami w użyciu roślin leczniczych. Od stuleci uprawiają manayupę, asmachilkę i pasuchakę. Na co dzień stosują też cuti-cuti, pinco-pinco, pajarrobo, makę i vilcacorę. Popularnie nazywani są „ludem vilcacory", gdyż podobnie jak Indianie mieszkający w dżungli, roślinę tęj otaczają kultem. Queros w zasadzie nie chorują. Ziół andyjskich nie zażywają w celach leczniczych, lecz przede wszystkim profilaktycznie. Te rośliny, których – z uwagi na surowy klimat – sami nie mogą uprawiać, kupują u innych Indian. Osoby, udające się w długą podróż w celu przywiezienia życiodajnych roślin, nazywane są „amautashiani" i otaczane w społeczności Queros ogromnym szacunkiem.

Już w latach siedemdziesiątych zainteresowano się ich – budzącą niedowierzanie – długowiecznością. W roku 1972 zorganizowano pierwszą wyprawę, której zadanie polegało na wyja-

Miejsca, które w Peru odwiedzili polscy lekarze podróżujący szlakiem vilcacory

śnieniu fenomenu ich nadzwyczaj dobrego zdrowia. Kierował nią antropolog peruwiański Jose Santis. Grupa Santisa spędziła w pięciu wioskach Queros łącznie dwa miesiące. Informacje na temat nadzwyczajnej kondycji zdrowotnej Indian zostały przez nią całkowicie potwierdzone. Co ciekawe, w sąsiedztwie osad Queros nie znaleziono cmentarzy. Indianie, bez większego zdziwienia mówili, że „cmentarze nie są im potrzebne". Druga wyprawa do Indian Queros wyruszyła w trzy lata później. Tym razem skoncentrowano się na ich zwyczajach żywieniowych. Okazało się, że Indianie ci w zasadzie nie jedzą mięsa, a jeśli już, to tylko mięso gotowane z dodatkiem bardzo wielu ziół i warzyw. Ze szczególnym upodobaniem spożywają natomiast ziemniaki, które bardzo dobrze udają się na znacznych wysokościach i na kamienistej ziemi. Queros uprawiają dwadzieścia dwie odmiany ziemniaka i są z tego bardzo... niezadowoleni. „W przeszłości znaliśmy co najmniej trzydzieści gatunków – mówią. – Mimo że tak bardzo się staramy, też nie do końca potrafimy przeciwstawić się upływowi czasu i to, co najlepsze, ginie – także u nas".

ŚWIAT, KTÓRY NAPRAWDĘ ISTNIEJE

Jacek Belczewski: W ten sposób sprawy zaczynały się powoli wyjaśniać. Z jednej strony mieliśmy limeńczyków – ludzi, którzy w warunkach, w jakich przyszło im egzystować, właściwie... nie powinni żyć; z drugiej – istnieli zagadkowi Indianie Queros, lud dożywający w znakomitym zdrowiu wieku 130, nawet 140 lat!

Jacek Kaziński: Aż chciałoby się ich odwiedzić i móc zobaczyć na własne oczy to wszystko, o czym opowiadał doktor Mirez! Na to jednak zabrakło nam czasu, bo już następnego dnia rozpoczynały się zorganizowane przez Uniwersytet Rolniczy La Molina seminaria na temat fitoterapii i mieliśmy wziąć w nich udział.

Alina Rewako: Zaczęliśmy jednak podejrzewać, że być może zarówno długowieczność Indian Queros, jak i niespodziewana witalność limeńczyków, mogą mieć tę samą przyczynę. Jaką? – tego na razie jeszcze nie wiedzieliśmy. Na odpowiedź nie musieliśmy jednak długo czekać...

Zapiski z podróży:
Kolejne zaskoczenie stanowił sposób, w jaki zorganizowano nasze seminaria. Od początku było wiadomo, że mamy niewiele czasu, toteż by go na darmo nie tracić, zdecydowano, że wykłady odbywać się będą w tym samym hotelu, w którym zamieszkaliśmy: w przylegającej do patio sali konferencyjnej. Mimo że byliśmy w kraju, gdzie „mañana" jest słowem bardzo popularnym, a „ahorita", czyli „zaraz" równie dobrze może oznaczać „za pięć minut", „jutro" albo „w przyszłym roku", zajęcia – ku naszemu ogromnemu zdziwieniu – zaczęły się punktualnie.

Pierwszym prelegentem był doktor **Cesar Barriga**, *wykładowca Uniwersytetu Limeńskiego – dobry znajomy* **Jorge Pitsikalisa** *z Centrum Medycyny Andyjskiej*[3] *w Londynie. Cesar był jednym z głównych współorganizatorów naszego pobytu w Peru i trzeba przyznać, że ze swego zadania wywiązał się wzorowo. Spodziewaliśmy się jakiegoś na poły szamana, ponieważ słyszeliśmy, że Cesar Barriga bardzo wiele czasu spędza w selwie i żyje w dobrej komitywie z Indianami Shipibo znad środkowej Ukajali. Tymczasem stanął przed nami wysportowany, rzutki mężczyzna, mogący uchodzić w każdym europejskim kraju za byłego yuppie. Od razu zrobił na nas niezwykle dobre wrażenie, a umocniło się ono jeszcze bardziej, gdy dowiedzieliśmy się, co czeka nas w najbliższym czasie...*

Alina Rewako: Zaraz potem wystąpił doktor **Victor Inchaustegi** z państwowego szpitala w Iquitos. I był to napraw-

----
[3] Centrum Medycyny Andyjskiej – właśc. Andean Medicine Centre – placówka mieszcząca się w Londynie, a zajmująca propagowaniem medycyny andyjskiej na świecie. Prowadzi działalność badawczą i popularyzatorską. Zatrudnia przeszkolonych lekarzy i konsultantów, którzy pod numerami telefonów 0044 171 531 6879 i 0044 171 515 5192 udzielają porad i konsultacji medycznych, jak również przyjmują zamówienia na poszczególne preparaty ziołowe i całościowe kuracje.

dę dobry początek! Doktor Inchaustegi – na pewno jedna z największych osobowości, z jaką spotkaliśmy się w czasie naszej podróży po Peru – mimo że jest dyplomowanym lekarzem onkologiem o ustalonej renomie, w praktyce klinicznej stosuje wiele roślin leczniczych z Amazonii i Andów. Wprawdzie na początku to co robił, nie budziło entuzjazmu wśród jego kolegów po fachu, którzy trzymali się tylko i wyłącznie skalpela i stetoskopu, ale w związku z niezaprzeczalnymi, znakomitymi wręcz rezultatami klinicznymi, jakie osiągał od wielu lat, zostało zaakceptowane. **Jacek Belczewski:** Stanowi wręcz przykład, który teraz wielu chce naśladować!

Jacek Kaziński: Zresztą doktor Inchaustegi wcale nie ucieka od skalpela i stetoskopu. Jest lekarzem z krwi i kości. Wystąpił w białym, szpitalnym kitlu, a pod pachą trzymał plik historii chorób, do którego od czasu do czasu zaglądał. Prowadząc wykład, mógł z powodzeniem mieć na szyi stetoskop. Później okazało się zresztą, że rzeczywiście z nim się nie rozstawał i tylko na chwilę pozostawił go na siedzeniu samochodu, którym przyjechał.

Zapiski z podróży:
Kolejne zaskoczenie było jeszcze większe. Wszechobecna limeńska mgła i niespodziewana punktualność Latynosów były niczym, w porównaniu z wrażeniem wyniesionym z pierwszego dnia wykładów. Pojawienie się Victora Ichaustegiego – poważnego onkologa (tak! onkologa!) oznaczało bowiem, że nasza podróż będzie miała całkiem inny przebieg, niż to sobie wyobrażaliśmy. Wydawało się nam, że w najlepszym razie zwiedzimy coś w rodzaju medycznego podziemia; że będzie się nas próbowało przekonać do czegoś, w co tak naprawdę wierzy niewielu ludzi. Tymczasem Inchaustegi – jedna z najbardziej znanych postaci w peruwiańskim świecie medycznym – w pierwszym zdaniu stwierdził, że od wielu lat (bodajże sześciu!) leczy vilcacorą – wywarem ze świętego pnącza Inków – i osiąga bardzo dobre rezultaty!

Polacos curan sus males con plantas amazónicas

Médicos de Polonia han venido al Perú para recibir capacitación sobre las virtudes de las plantas medicinales peruanas

GRACIA GONZÁLEZ DEL RÍO

A raíz de la publicación del libro "Vilcacora cura el cáncer" en 1998, el cual describía las características terapéuticas de la uña de gato y otras plantas de la Amazonía y del Ande peruanos, el interés por la medicina natural creció significativamente en Polonia.

Hace tres meses se realizó la primera importación de medicamentos naturales procedentes del Perú. Estos ahora son consumidos por unas cinco mil personas que aseguran haber obtenido excelentes resultados.

Roman Warszewski, periodista y autor del libro junto con Grzegorz Rybinski, vino al Perú por primera vez en 1983 atraído por las culturas precolombinas. El año pasado conoció a Edmundo Selinga, misionero salesiano radicado en nuestro país hace más de 60 años, gran parte de los cuales los pasó en comunidades indígenas de la selva donde aparte de las lenguas y costumbres nativas aprendió técnicas curativas mediante el uso de plantas medicinales.

"Es asombrosa la diversidad de especies y sus propiedades terapéuticas y curativas de las plantas de la selva, pero lo más sorprendente es que sean muy poco conocidas en el mundo", expresó Warszewski, quien junto con un grupo de médicos de su país se encuentra en el Perú a fin de estudiar y conocer la botánica medicinal de la Amazonía.

Proceso científico

Luego de visitar el Instituto de Medicina Natural de Iquitos y los laboratorios Pebaninsa en

GRACIA GONZÁLEZ DEL RÍO

MÉDICOS POLACOS. Marek Prusakowski, Alina Lubowska, Jacek Kazinski, Jacek Belczewski y Roman Warszewski. Entre los productos que promocionarán están la uña de gato, el achiote, la maca, la chanca piedra y el chuchuhuasi.

Pucallpa e Induquímica en Lima, el grupo de médicos aseguró haber aprendido mucho respecto a los efectos de las plantas y a la necesidad de combinar su uso con una dieta balanceada adaptada a las condiciones de cada país.

"Ahora viajaremos a Inglaterra y luego a Polonia para confirmar lo que hemos visto: el tratamiento con estas medicinas es un procedimiento científico perfectamente válido y no está relacionado con chamanismo", afirmaron los mé-

dicos. Ellos promocionarán el uso de los productos para enfermedades como el cáncer, la diabetes, el sida, la osteoporosis, el reumatismo y la artrosis mediante el Andean Medicine Centre.

Este instituto con sede en Londres cuenta con unos 20 miembros y ha sido creado para comercializar los fármacos que, por motivos legales, no pueden ser importados directamente del Perú.

"Dentro de dos años, tiempo aproximado en que cambiarán las

normas, mudaremos la sede a Gdansk", indicó Warszewski, quien ve en este intercambio un puente entre el Perú y Polonia.

En los próximos años, este centro investigará y publicará libros con la finalidad de impulsar el uso de la medicina tradicional con bases científicas, así como fortalecer el trabajo conjunto resaltando el papel de las comunidades indígenas como descubridoras de los beneficios terapéuticos de las diversas especies.

Artykuł z prestiżowego dziennika „El Commercio" poświęcony wizycie polskich lekarzy, poznających kanony fitoterapii

Marek Prusakowski: Dla mnie najistotniejszy był fakt, że te słowa padły nie z ust misjonarza, przy czym w żaden sposób nie chcę umniejszyć autorytetu ojca Szeligi; broń Boże, ale – proszę zrozumieć! – jako lekarzowi, który na internie zjadł zęby, szczególnie zależało mi na tym, żeby w sprawie vilcacory usły-

szeć zdanie zawodowca, profesjonalisty, w każdym calu, a najlepiej ONKOLOGA!
I właśnie tak się stało!

Z wykładu doktora Victora Inchaustegiego:
„Uncaria tomentosa" – vilcacora – została przeze mnie po raz pierwszy zastosowana klinicznie przed sześciu laty. Początkowo podawałem ją w postaci wywaru szpitalnym pacjentom onkologicznym, którzy znajdowali się w czwartym stadium choroby nowotworowej. Pacjenci ci – zdając sobie sprawę z beznadziejności sytuacji, w jakiej się znaleźli – wyrażali zgodę na ten rodzaj terapii, ale zwykle nie wiązali z nią zbyt wielkich nadziei. Rodziny chorych także były o tym informowane. Nic nie wiedziała tylko dyrekcja szpitala, ponieważ doskonale zdawałem sobie sprawę, iż kolegium dyrektorów nie było przekonane do metod fitoterapeutycznych i po prostu obawiałem się, że mogę stracić pracę.
Zacząłem leczyć w ten sposób troje pacjentów: dwóch mężczyzn i jedną kobietę. Mężczyźni chorowali na białaczkę, a kobieta miała raka piersi. W momencie rozpoczęcia kuracji w każdym z tych przypadków rokowania były... w zasadzie beznadziejne. Według konwencjonalnych kryteriów pacjenci mogli przeżyć siedem, w najlepszym razie osiem tygodni. Ku mojej ogromnej radości, a także – czego chyba nie trzeba dodawać – ku radości samych chorych i ich rodzin, cała trójka przeżyła i... do dziś ma się dobrze!

Jacek Kaziński: Nie, nie oznacza to wcale, że od razu daliśmy się przekonać. Co to, to nie. Zbyt długo jesteśmy lekarzami, nazbyt długo poznawaliśmy kanony współczesnej medycyny, z którymi – co trzeba podkreślić! – przecież się utożsamiamy. Dużą niespodzianką było dla nas jednak to, że zaraz po naszym przyjeździe do Peru okazało się, iż **świat, w którego istnienie nie do końca wierzyliśmy, istniał naprawdę** i tworzył własny, logiczny, w pełni spójny system – całą rzeczywistość...

Marek Prusakowski: ... w której było miejsce również dla lekarzy!

Jacek Kaziński: A może przede wszystkim dla lekarzy?

Marek Prusakowski: Być może. Być może rzeczywiście przede wszystkim dla lekarzy. Ale wtedy, na samym początku, jeszcze tego nie wiedzieliśmy...

NASZ PIERWSZY ZMARTWYCHSTAŁY

Z wykładu doktora Victora Inchaustegiego:
Moi przełożeni długo zastanawiali się, jakim cudem tych troje pacjentów wyzdrowiało. To właśnie wtedy zaczęto mówić w Iquitos, że doktor Inchaustegi ma dobrą rękę do leczenia nowotworów i że zna lekarstwa, których inni nie stosują. Wtedy też przyznałem się dyrekcji szpitala, co właściwie zrobiłem i moi szefowie przyjęli to z pewnym... rozczarowaniem. Mieli nadzieję, że w swym gronie mają lekarza z jakimś szczególnym darem, tymczasem okazało się, że to tylko... jakaś vilcacora!

Ja natomiast byłem zadowolony. Znalazłem sposób, jak w wielu przypadkach pomóc pacjentom, dla których normalnie nie było już nadziei. Bo mimo niechęci i początkowego krzywienia się szpitalne kolegium dyrektorów w końcu oficjalnie zezwoliło mi na stosowanie fitoterapii. Za pomocą roślin amazońskich i andyjskich w ciągu ostatnich pięciu lat wyleczyłem w szpitalu około 600 pacjentów; co najmniej drugie tyle przewinęło się przez moją prywatną praktykę. Mam już też pierwszych uczniów, także lekarzy. Pracują razem ze mną na tym samym oddziale onkologii.

Z dyskusji po wykładzie:
JACEK BELCZEWSKI: *Jak ma się zatem fitoterapia do medycyny konwencjonalnej? Czy jedna wyklucza drugą?*

VICTOR INCHAUSTEGI: *To bardzo ważny problem,*

35

który natychmiast trzeba wyjaśnić. *Fitoterapia w żaden sposób nie kłóci się z medycyną konwencjonalną. To co robię, pokazuje bardzo wyraźnie, że oba podejścia można z powodzeniem z sobą łączyć. Można operować guzy, szczególnie gdy mamy do czynienia z guzami pierwotnymi, a następnie – żeby zmniejszyć ryzyko wystąpienia przerzutów – podawać wywary z roślin, takich jak vilcacora, tahuari lub palo blanco. Fitoterapię można też łączyć z chemioterapią i radioterapią, ponieważ – obok niewątpliwych efektów leczniczych – preparaty roślinne zmniejszają lub nawet w ogóle eliminują występowanie negatywnych efektów ubocznych – tak jednej, jak i drugiej. Terapii roślinami nie należy jednak stosować w trakcie radioterapii i chemioterapii. Z mojej praktyki wynika, że wskazane jest zachowanie trzydniowego odstępu między chemioterapią lub radioterapią a fitoterapią i na odwrót. Przy takiej sekwencji czasowej rezultaty są szczególnie korzystne.*

Marek Prusakowski: To było następne odkrycie! To, że nie ma „albo – albo", że nie fitoterapia albo medycyna konwencjonalna, lecz **że jedna metoda wcale nie kłóci się z drugą, że obie mogą stanowić swoje wzajemne i cenne uzupełnienie.** Co prawda słyszałem już kiedyś podobne stwierdzenia z ust ojca Szeligi, ale – szczerze mówiąc – nie do końca tym deklaracjom dowierzałem. Zawsze wydawało mi się, że słowa te padają niejako przez uprzejmość i tylko po to, by choć częściowo pozyskać lekarzy dla fitoterapii; by ich do końca nie zrażać do tez głoszonych przez Ojca. I nagle to samo stwierdza doktor Inchaustegi, który nie działa gdzieś na marginesie medycznej rzeczywistości, lecz w samym jej sercu, w szpitalu w Iquitos, budząc coraz większy szacunek pacjentów i – *last but not least*[4]– swych coraz mniej sceptycznie w stosunku do fitoterapii nastawionych przełożonych!

----
[4] last but not least – (ang.) – ostatni co do kolejności, ale nie co do znaczenia.

Zapiski z podróży:
Zaraz czekała nas jednak następna niespodzianka. Bo mało tego, że w obieg po sali poszły historie kliniczne, które na wykład przyniósł Victor Inchaustegi, ale (czego do tej pory nie wiedzieliśmy) na patio czekali też niektórzy z jego „zmartwychwstałych" pacjentów.
Po to, by się spotkać z nami, przylecieli samolotem aż z Iquitos...

Jacek Belczewski: Największe wrażenie zrobiła na mnie relacja oficera armii peruwiańskiej, pułkownika **Alberto Belmonta**. Wyprostowany, elegancki mężczyzna, rzeczowo i precyzyjnie mówił o swojej chorobie, a świadomość, iż przez wiele lat nosił mundur i dopuszczany był do najbardziej poufnych tajemnic dotyczących ochrony pogranicza Kolumbii i Peru, niewątpliwie dodawała jego słowom wiarygodności.

Belmont, jeszcze do niedawna, pozostawał na rencie z powodu zaawansowanego raka okrężnicy z przerzutami do wątroby i innych narządów. Leczenie onkologiczne rozpoczął w znanych klinikach w USA, gdzie dokonano radykalnego zabiegu usunięcia części jelita i uzupełniająco włączono chemioterapię. W krótkim czasie ujawniły się jednak niebezpieczne przerzuty do wątroby. Dość korzystne usytuowanie nowych ognisk raka pozwalało na resekcję części płata wątrobowego, po czym znów podano chemię. Mimo starań lekarzy stan pacjenta stawał się coraz gorszy, a chemioterapia dawała bardzo silne objawy uboczne. Po kilku miesiącach bezskutecznego i wyniszczającego leczenia pacjent całkowicie opadł z sił, a organizm przestawał walczyć z chorobą. Umierał. Nie dawano mu żadnych szans. Belmont zrezygnowany wrócił do domu, do Iquitos, gdzie przypadkiem spotkał doktora Inchaustegiego, który powiedział mu, że jego zdaniem nie wszystko jest jeszcze stracone, że istnieje vilcacora, tahuari i kilka innych wypróbowanych preparatów; że koniecznie trzeba spróbować.

W sercu chorego zaświtała iskierka nadziei, która – w miarę jak kuracja postępowała i jak mijały kolejne tygodnie, a przepowiadany przez lekarzy koniec nie następował – rozpalała się coraz bardziej. Po pół roku można było powiedzieć, że leczenie zakończyło się sukcesem. Przerzuty najpierw zaczęły się cofać, potem zupełnie zniknęły. Pułkownik Alberto Belmot był znowu zdrowym mężczyzną, któremu – mimo tylu operacji – leki roślinne pozwoliły odzyskać pełnię sił. Wkrótce wrócił do służby czynnej w armii. Do Limy przyjechał dosłownie na kilka godzin. Na pograniczu czekały nań już ważne, niecierpiące zwłoki zadania, toteż po spotkaniu z nami wsiadł do samolotu i natychmiast odleciał do dżungli.

Jacek Kaziński: Poza vilcacorą i tahuari, które były podstawowymi składnikami kuracji, Belmontowi podawano chuchuhuasi, tamamurę, zarzę i cort cedro – wyłącznie preparaty roślinne. Ten przypadek pokazuje ich siłę i często aż niewiarygodną skuteczność. Wiedziałem, że do Londynu, do Centrum Medycyny Andyjskiej, zgłosił się pacjent z podobnie zaawansowaną i skomplikowaną chorobą. Po wykładzie natychmiast złapałem za słuchawkę i zadzwoniłem, zaleciłem podobną kurację. Teraz z tygodnia na tydzień osoba ta ma się coraz lepiej.

Marek Prusakowski: Na polu pierwszych starć fitoterapii z nowotworami było to niewątpliwie jedno z najbardziej spektakularnych osiągnięć lekarzy ze szpitala w Iquitos. Pułkownika Belmonta wyrwano praktycznie z objęć pewnej śmierci. W dodatku ponad wszelką wątpliwość nie mieliśmy tu do czynienia ze ślepym trafem czy szczęśliwym zbiegiem okoliczności. Bo nie był to wcale przypadek odosobniony...

Notatnik reportera:
Jose Andres Rodriguez Diaz, lat 35 – rak trzustki, trzecie stadium. Po czteromiesięcznej kuracji palo blanco i vilcacorą o własnych siłach wrócił do domu i żyje do dziś, choć trzy lata temu lekarze dawali mu najwyżej pół roku życia. Leczony był przez doktora Inchaustegiego w szpitalu w Iquitos.
ldona Alba Orejon Delgado, lat 50 – rak sutka, trzecie ım. Po pół roku przerzuty zaczęły się cofać, po roku nie by-

ło po nich śladu. Pomogła vilcacora podawana na przemian z palo blanco. Żyje do dziś w Leticii, na pograniczu Peru i Brazylii. Leczona była w Iquitos przez doktora **Edwina Lopeza**, bliskiego współpracownika doktora Inchaustegiego.

Julia Morron Echanove, lat 46 – przewlekła białaczka szpikowa. Po podaniu vilcacory i smoczej krwi choroba, wbrew przewidywaniom specjalistów, szybko zaczęła się cofać. Mimo że lekarze początkowo nie dawali jej więcej niż cztery–pięć miesięcy życia, żyje do dziś, a ostatnio urodziła nawet dziecko. To także pacjentka doktora Edwina Lopeza z Iquitos.

Arnaldo de la Cruz Gonzales, lat 62 – rak prostaty. Po usunięciu guza i podaniu vilcacory, sangre de drago i achiote po czterech miesiącach wrócił do zdrowia. Było to sześć lat temu, gdy doktor Inchaustegi dopiero zaczynał eksperymentować z roślinami leczniczymi. Dziś więc bez ryzyka błędu można powiedzieć, że został wyleczony...

Alberto Marañon de Carabaya, lat 70 – rak płuc i rak krtani. Pacjent był już w takim stanie, że nie mógł obejść się bez tlenu. Smocza krew i vilcacora w ciągu niespełna czterech miesięcy postawiły go jednak na nogi. Do oczyszczenia zastosowano canchalaguę i flor de arena, które w dżungli zastępują andyjską manayupę. Pacjent żyje do dziś i ma się naprawdę bardzo dobrze. A już cztery lata temu jego żona – za radą lekarzy – w najgłębszej tajemnicy oszczędzała pieniądze na trumnę.

To tylko ci pacjenci doktora Inchaustegiego i jego współpracowników, którzy zgodzili się na ujawnienie swych nazwisk. Lista osób skłonnych podać do wiadomości tylko swoje inicjały, byłaby nieporównanie dłuższa.

CURANDERO – LEKARZ PIERWSZEGO KONTAKTU

Z dyskusji po wykładzie doktora Victora Inchaustegiego:
ALINA REWAKO: *Czy szpital w Iquitos jest wyjątkiem? Czy w innych szpitalach w Peru fitoterapia też jest stosowana?*

VICTOR INCHAUSTEGI: *Iquitos, pod pewnym wzglę- dem, na pewno jest wyjątkowe. Ale moim zdaniem – stanowi to niezłą zapowiedź dla całego kraju. Ta wyjątkowość polega przede wszystkim na tym, że miasto otacza selwa i dlatego jest ono szczególnie wyczulone na wszystko, co dotyczy dżungli. Tradycja stosowania preparatów roślinnych od zawsze była tam szczególnie głęboko zakorzeniona. W selwie nie ma lekarza, nie ma apteki. Las jest tu wielką apteką. W Iquitos, w mieście, wiedziano o tym już od dziesiątków lat; w jego leśnym sąsiedz- twie – od tysiącleci.*

JACEK KAZIŃSKI: **To jednak dużo za mało, żeby fitoterapię wprowadzić do państwowego szpitala i przełamać niechęć do niej lekarskiego establish- mentu...**

VICTOR INCHAUSTEGI: *Gdzie indziej może by to nie starczyło, ale w Iquitos sytuacja była trochę inna. Tu – z uwagi na wspomnianą przed chwilą wszechobecność selwy – medycy- na ludowa miała bardzo silną pozycję. Właśnie dzięki temu dziś w moim szpitalu na najnormalniejszych etatach pracuje kilku autentycznych curanderos!*

JACEK BELCZEWSKI: **Kto taki?**

VICTOR INCHAUSTEGI: *Curanderos. Nazwa ta po- chodzi od hiszpańskiego wyrazu „curar", czyli „leczyć". Mówiąc najogólniej, są to fitoterapeuci, wprawdzie niedyplomowani, ale za to z ogromną wiedzą i praktyką leczniczą. Zrzeszeni są w związkach, które dbają o wysoki poziom fachowości i etyki za- wodowej. Przy braku w pełni rozwiniętej infrastruktury medycz- nej bardzo często w Peru pełnią rolę „lekarza pierwszego kon- taktu". Ta profesja w trakcie wieloletniej praktyki przechodzi zazwyczaj z ojca na syna, a szacunek „kolegów po fachu" zysku- je się dopiero po dwudziestu, trzydziestu latach zdobywania własnych doświadczeń. Charakterystyczne jest ich ogromne po- święcenie i oddanie okazywane pacjentom. Curanderos, gdy nie ma innego sposobu wyleczenia, zabierają swoich chorych w głąb tropikalnych lasów i tam, skazując się wraz z nimi na wszelkie* niedostatki, ale za to pozostając w całkowitej harmonii z naturą, bez reszty skupiają się na leczeniu.

MAREK PRUSAKOWSKI: *W Iquitos jest szczególnie wielu curanderos?*

VICTOR INCHAUSTEGI: *Na pewno więcej niż w jakiejkolwiek innej części kraju, bo selwa jest ich autentycznym żywiołem. Poza tym, z uwagi na chroniczny brak innych lekarzy, zapotrzebowanie na ich usługi jest szczególnie duże. Ale w pewnym sensie sytuację tę można przenieść na cały kraj i właśnie dlatego powiedziałem, iż szpital w Iquitos może stanowić zapowiedź tego, co kiedyś zdarzy się w całym Peru. Bo curanderos i propagowana przez nich medycyna ludowa w coraz większym stopniu stają się obecni w całym kraju. Przemieszczają się wraz z ludźmi, którzy z dżungli i z sierry emigrują do wielkich miast – np. do Limy, do Trujillo, do Arequipy. To charakterystyczny rys peruwiańskiego systemu leczenia, nie obawiam się użyć tego określenia – peruwiańskiego systemu ochrony zdrowia. Bez medycyny ludowej i curanderos połowa mieszkańców najbiedniejszych dzielnic w Limie umarłaby na czerwonkę, cholerę i dur brzuszny. A jednak tak się nie dzieje, prawda? Dlaczego? Bo nawet ci, których nie stać na najtańsze ubezpieczenie i wykupienie najprostszych lekarstw w aptece, zawsze mogą udać się do działających gdzieś w pobliżu curanderos. I curanderos ich leczą. Bo nie są to żadni szarlatani ani hochsztaplerzy, lecz ludzie, którzy naprawdę wiedzą, jak można pomóc choremu. Na dodatek, zalecane przez nich lekarstwa są dużo tańsze niż te, którymi leczy się w klinikach i szpitalach. Po prostu stać na nie każdego.*

COŚ ZACZĘŁO SIĘ ZMIENIAĆ...

Marek Prusakowski: I właśnie to była odpowiedź na nękające nas pytanie. **Rośliny lecznicze, których stosowania Indianie Queros uczyli się przez tysiąclecia, uczy-**

niły z nich najbardziej długowieczną grupę etniczną w całej Ameryce Południowej. Z drugiej strony te same rośliny, niesione z dżungli i sierry do wielkich miast przez curanderos, pomagały utrzymać się przy życiu najbiedniejszym mieszkańcom takich molochów, jak Lima.

Jacek Belczewski: Świat skutecznej fitoterapii, w którego istnienie powątpiewaliśmy, istniał. Istniał naprawdę, a my mieliśmy okazję przekonać się o tym na własne oczy.

Alina Rewako: Kolację tego dnia jedliśmy w większym skupieniu niż zwykle. Każdy z nas przeżywał wielkie zaskoczenie, a być może nawet coś w rodzaju szoku. Skupienie, w którym zasiedliśmy do stołu po całym dniu wykładów pokazywało, że najwyraźniej coś się stało, coś w nas zaczęło się zmieniać. I – pozwolę to sobie powiedzieć w imieniu nas wszystkich – z pewnym niepokojem zastanawialiśmy się, co będzie dalej...

ROZDZIAŁ II

PUCALLPA – DŻUNGLA PO RAZ PIERWSZY

WIELKI WYŚCIG

Jacek Belczewski: Po raz pierwszy peruwiańskie rośliny lecznicze – vilcacorę, manayupę, chuchuhuasi i chanca piedrę – ujrzeliśmy na posesji Ministerstwa Zdrowia w Limie. Nie w ogrodzie botanicznym ani na żadnej wystawie, lecz pod bokiem napawającego szacunkiem, wielokondygnacyjnego wieżowca, będącego siedzibą części rządu. Nie rosły tu jako niechciane chwasty, lecz były pielęgnowane przez Ferdynanda – pracującego na ministerialnym etacie ogrodnika. Ferdynand z prawdziwą dumą demonstrował okazy, które – mimo wszystkich niedogodności – udało mu się wyhodować.

Marek Prusakowski: Na pewno nie można powiedzieć, że rośliny te prezentowały się nadzwyczaj okazale. Wprost przeciwnie. Chłodny o tej porze roku limeński klimat, wzbogacony setkami ton ołowiu pochodzącego z rur wydechowych milionów aut, na pewno im nie sprzyjał. Tym bardziej zastanawiało, że tyle wysiłku wkładano w pielęgnację i utrzymanie wątłych krzaczków właśnie tutaj. Dlaczego tak jest, wyjaśniła nam dopiero doktor **Marta Villar** – ekspertka peruwiańskiego Ministerio de Salud.

Jacek Kaziński: Powiedziała, że Ministerstwo Zdrowia przywiązuje rzeczywiście ogromną wagę do rozwoju fitoterapii, że nie są to tylko czcze deklaracje. Stwierdziła, iż w warunkach peruwiańskich, gdzie nadal tylko dość wąskie grupy społeczne mają dostęp do klinik i szpitali, jest to wręcz niezbędne. „Gdyby nie rośliny lecznicze i ludzie, którzy potrafią się nimi posługiwać – powiedziała – Peruwiańczyków byłoby co najmniej o połowę mniej". "A co z drugą połową?" – zapytałem. "Druga połowa – usłyszałem – najpewniej by wymarła".

Alina Rewako: Gdy chodziliśmy między tymi ministerialnymi grządkami, zauważyłam, że przywozi się tu dzieci szkolne i w ramach lekcji biologii pokazuje najważniejsze odmiany roślin z Amazonii i z Andów. Wydało mi się to bardzo ważne i bardzo ciekawe. W pewnym sensie nawet piękne... Młodzi Peruwiańczycy, mimo że wychowywani w wielkim, nieprzyjaznym naturze mieście, od początku uczyli się tego, co kiedyś może być dla nich bardzo istotne... Doprawdy, trudno byłoby mi wyobrazić sobie podobną scenę w Polsce...

Marek Prusakowski: To nie była nasza jedyna wizyta w ministerstwie. Któregoś dnia, w towarzystwie doktor **Eleny Li Pereiry** z laboratorium Induquimica, odwiedziliśmy też Ministerstwo Rolnictwa. W dzielnicy San Isidro, w Departamencie Selwy otrzymaliśmy garść najniezbędniejszych informacji na temat gospodarowania zasobami leśnymi Peru. Przedstawiono nam też ostatnie założenia dotyczące rozwoju plantacji roślin leczniczych. Na własne oczy (a właściwie – uszy) mogliśmy się przekonać, że o leczniczym potencjale Amazonii i Andów, nawet na najwyższych szczeblach, myśli się w Peru coraz więcej.

Notatnik reportera:
Do tej pory roczne wpływy Peru ze sprzedaży roślin leczniczych nie przekraczają dwóch procent dochodów z eksportu. Dynamika ich wzrostu jest jednak bardzo duża. Jeszcze cztery lata temu taka pozycja jak "plantas medicinales" w bilansie handlowym w ogóle nie istniała. Gdy po raz pierwszy pojawiła się w 1997 roku, wynosiła zaledwie dwie dziesiąte procent. W ciągu trzech lat wartość jej zwiększyła się więc aż dziesięciokrotnie! Zdaniem **Arnaldo Caspiego Diaza**, prognosty z dziennika "El Comercio", w ciągu najbliższych dwudziestu lat dochody ze sprzedaży chuchuhuasi, vilcacory, pasuchaki i podobnych roślin mogą dorównać dochodom, które Peru osiąga z turystyki. "Choć brzmi to fantastycznie – pisze Caspi – jest jednak jak naj-

7. Przed Ministerstwem Zdrowia w Limie w towarzystwie doktor **Eleny Li Pereiry** z laboratorium Induquimica (trzecia od lewej). To tu, w przylegającym do ministerstwa ogrodzie polscy lekarze po raz pierwszy ujrzeli manayupę, chuchuhuasi, chanca piedrę i słynną vilcacorę

8. Pucallpa. Za tym murem znajduje się Regionalne Ministerstwo Rolnictwa

bardziej możliwe. Rzecz w tym, że muszą być stworzone odpowiednie warunki. Inaczej nie ma co myśleć o sukcesie".

Po pierwsze – Peru nie może sprzedawać surowców, takich jak suche liście czy kora, lecz powinno dążyć do eksportu gotowych preparatów.

Po drugie – surowce przeznaczone do produkcji leków, nie mogą być pozyskiwane w sposób przypadkowy, lecz należy uprawiać je na plantacjach. „W przeciwnym razie – pisze Caspi – dojdzie do jeszcze większej dewastacji dżungli, niż ma to miejsce w tej chwili, i za kilka lat vilcacora w stanie dzikim w ogóle przestanie istnieć. Potencjalny sukces okaże się klęską..."

Z dyskusji w Ministerstwie Rolnictwa z udziałem **Nelsona Berreteagi**, urzędnika wyższego szczebla:

MAREK PRUSAKOWSKI: *Czy rzeczywiście jest aż tak źle? Może tylko ekolodzy tak straszą?*

NELSON BERRETEAGA: *Niestety nie – to całkiem realne zagrożenie. Świat jakby się przebudził. Wszyscy jednocześnie odkryli znaczenie roślin amazońskich i andyjskich i jak najszybciej chcą je kupić. Kupują Amerykanie, Włosi, Niemcy, Francuzi. Trwa wielki wyścig. Sporo jest zamówień z Rosji. Możliwość szybkiego zarobku prowadzi do rabunkowej eksploatacji lasów tropikalnych – do bezmyślnego trzebienia roślin. Wiele z nich może zaginąć bezpowrotnie. Stąd też pierwsze zakazy. Na przykład – ten najbardziej bolesny dla eksporterów – zabraniający wywozu vilcacory w postaci skrawków kory.*

ALINA REWAKO: *To zakaz bezwzględny?*

NELSON BERRETEAGA: *Tak, z jednym istotnym wyjątkiem. Jeśli kora pochodzi z plantacji, a nie z dzikiego zbioru w dżungli, nie mamy nic przeciwko temu, żeby ją eksportować. W tę właśnie stronę zmierza nasza polityka. Eksporterzy znaleźli się w nie lada kłopocie, bowiem oczekiwanie na pierwszy zbiór z planowej uprawy trwa z reguły co najmniej kilka lat. Dlatego szukają w przepisach jakiegoś ucha igielnego, przez które mogliby się przecisnąć i zbierane na dziko kawałki kory zaczynają...* „uszlachetniać".

9. Kształty i kolory dżungli

10. Jacek Kaziński: „Selwa mnie oczarowała"

JACEK BELCZEWSKI: *W jaki sposób?*
NELSON BERRETEAGA: *Chwilami to aż śmieszy. Ot, choćby kawałkom kory nadaje się bardziej regularne kształty, a potem każdy z nich owija papierową banderolą...*
JACEK KAZIŃSKI: *Chodzi zatem o to, żeby zachęcić Indian do uprawy pasuchaki, manayupy, vilcacory?*
NELSON BERRETEAGA: *Przede wszystkim chodzi o to, żeby za bezcen nie pozbywać się skarbów, którymi dysponuje Peru i w jak najkrótszym czasie stworzyć jak najwięcej plantacji – żeby nie niszczyć roślin w stanie naturalnym, żeby – w sensie dosłownym i przenośnym – nie wyrywać ich z korzeniami.*
MAREK PRUSAKOWSKI: *Ile plantacji powstało do tej pory?*
NELSON BERRETEAGA: *Niestety, niewiele. Tylko trzy – aż wstyd powiedzieć. Największa znajduje się w pobliżu Pucallpy i uprawiana jest przez Indian Shipibo. To tam, dokąd pojedziecie...*

DOM BEZ ŚCIAN

Marek Prusakowski: Podróż do Pucallpy – do obozowiska w Shapsico i do wioski Indian Shipibo w Vista Alegre – jest bez wątpienia jednym z najbardziej interesujących epizodów naszej peruwiańskiej wyprawy. Było to fantastyczne, choć na pewno niełatwe przeżycie. Po raz pierwszy zetknęliśmy się z prawdziwą dżunglą, którą do tej pory znaliśmy tylko z filmu, ze zdjęć lub – w najlepszym razie – z opowiadania. Choć wiele z tego, co wiedzieliśmy i słyszeliśmy, potwierdziło się, rzeczywistość okazała się jeszcze piękniejsza, jeszcze bardziej dzika, jeszcze bardziej nieokiełznana. Kogoś, kto większość życia spędził w mieście, na dodatek w Europie, znalezienie się w ciągu kilku godzin w sercu tropikalnego lasu może przyprawić o autentyczny zawrót głowy. W puszczy wszystko jest zagadkowe, obce, zadziwiające i

11. To „coś" to M-6 w sercu dżungli...

12. ... a to należąca do niego... „kuchnia"!

ma całkiem inne proporcje niż te, do których przywykliśmy na co dzień. Powiedzenie Arkadego Fiedlera, iż w dżungli są tylko dwa piękne dni – „pierwszy, gdy puszcza nas oczarowuje i oszałamia; i ostatni, gdy z ulgą uciekamy z jej zaborczych objęć" – przynajmniej w moim przypadku okazało się jak najbardziej prawdziwe.

Jacek Kaziński: Mnie dżungla od razu zauroczyła – od momentu, kiedy ujrzałem nieprzebyty dywan zieleni, ciągnący się setkami kilometrów pod skrzydłami samolotu. Jest w selwie coś, co wymyka się racjonalnemu opisowi. Ale właśnie dokładnie tak ją sobie wyobrażałem. I gdy wreszcie znalazłem się z nią sam na sam, gdy stanąłem oko w oko z Wielką Zielenią, nie przeraziłem się, wręcz przeciwnie. Gdy po przeszło godzinnej jeździe samochodem i po kilkusetmetrowym marszu ścieżką wiodącą przez gąszcz, w końcu dotarliśmy do nieco garbatej polany, gdzie wznosiły się dwa szałasy, mające przez najbliższe dni stanowić nasze nowe mieszkanie, poczułem się tak, jakbym po długiej, bardzo długiej podróży wreszcie dotarł do siebie – do domu.

Alina Rewako: Ja natomiast – gdy po przedzieraniu się przez gąszcz w lepkim wilgotnym upale stanęliśmy u celu – chciałam jak najprędzej odwrócić się na pięcie i... uciec! I pewnie bym tak zrobiła, gdybym miała czym. Ale nasz samochód – co sił w kołach i zawieszeniu – odjechał do Pucallpy.

Jacek Belczewski: Na mnie selwa też zrobiła piorunujące wrażenie. Jestem człowiekiem wyczulonym na piękno przyrody, a ponieważ od wielu lat uprawiam żeglarstwo i nurkuję, bardzo często mam z nią kontakt. Zawsze staram się wyczuwać jej tętno, ukryty, drzemiący w jej wnętrzu rytm, koloryt odcieni i zapachów. W dżungli – jeśli można tak powiedzieć – zakochałem się od pierwszego wejrzenia. Szczególnie urzekł mnie świat dźwięków puszczy. Selwa żyje przez całą dobę. Nie zamiera ani na chwilę. Być może w nocy ożywają inne jej pokłady i warstwy niż za dnia, ale zawsze jakaś jej część nieustannie czuwa, pulsuje, śpiewa...

13. Jacek Belczewski: „Do spania w hamaku przyzwyczaiłem się bardzo szybko"

14. Roman Warszewski: „W dżungli od czasu do czasu też trzeba się ogolić"

Właśnie tam, w Shapsico, w dżungli pod Pucallpą, zdałem sobie sprawę z tego, jak blisko wielka fascynacja może graniczyć z równie wielkim strachem, z obawą. Bo na pewno też się bałem. Bałem się podświadomie, a więc tym mocniej i bardziej dokuczliwie. Cały czas odczuwałem obecność milionów owadów, zwierząt, gadów i płazów ukrytych za tą nieprzeniknioną ścianą dźwięków. Wtedy też, po raz pierwszy w czasie tej podróży (ale nie po raz ostatni!), zacząłem się zastanawiać, czy wyjeżdżając na ten kraj świata, nie postąpiłem zbyt pochopnie – czy nie zaryzykowałem zbyt wiele i nie porwałem się na coś, co w rzeczywistości przerastało moje siły?

Zapiski z podróży:
Jak wygląda chata w dżungli? Szczerze mówiąc, nigdy się nad tym nie zastanawiałam... A tu – nie mając wyboru – nie tyle chciałam nad tym rozmyślać, ile... musiałam w niej zamieszkać...
Chata w selwie to dom bez ścian. Zwykle jest tu tak parno i upalnie, że ściany domostwa ograniczają się do czterech pokaźnych pali, stanowiących podporę dachu z suszonych liści. Jest też oczywiście podłoga wyniesiona jakieś dwa metry nad ziemię. Między palami zawiesza się hamak, na noc spowity moskitierą, a odzież można powiesić na sznurkach pod drewniano-palmowym sklepieniem. Reszta puszczańskiego ekwipunku znajduje swe miejsce na prowizorycznych półkach z desek, które dla ochrony przed insektami umieszczono najwyżej, jak się dało. Całość konstrukcji jest ażurowa do granic możliwości i ani wiatr (jeśli w ogóle jest), ani wzrok ludzki nie znajdują najmniejszej przeszkody.

Alina Rewako: Przyznaję, że dla mnie, kobiety, stanowiło to pewien problem. W dżungli nawet proste zabiegi higieniczne okazują się kłopotliwe. Poczucie wstydu związanego z nagością jest tam całkiem inne niż w Europie. Z tym większym podziwem patrzałam na mieszkające tu kobiety, które z wszystkimi niedogodnościami radziły sobie z uśmiechem na ustach – dźwigały na ramionach wiadra pełne wody, uprawiały niewielkie, szybko zarastające poletka i przygotowywały posiłki dla swoich rodzin. Ciężka fizyczna praca kobiet od wieków jest wpisana w peruwiański krajobraz. Zarówno w dżungli, jak i w górach. Tak było przed wiekami, tak jest i teraz. Nawet ciąża zwalnia od obowiązków tylko na kilka ostatnich dni.

Marek Prusakowski: Za czasów Inków kobiety zaraz po porodzie szły do rzeki, aby umyć siebie i nowo narodzone dziecko. Fakt narodzin zawsze był radosny, bo oznaczał kolejną parę rąk do pracy. Z tego też powodu Inkowie chętnie akceptowali poligamię. Rzadkością byli starsi niż dwudziestopięcioletni kawalerowie, a dziewczęta zostawały żonami między piętnastym a dwudziestym rokiem życia. Zabiegi aborcyjne uważano za zbrodnię i karano śmiercią. Połóg zazwyczaj przebiegał bez większych powikłań i tylko w wyjątkowych wypadkach wymagał udziału curandero.

Jacek Kaziński: Pod tym względem w selwie do dziś zmieniło się naprawdę niewiele. Mieszkanki dżungli doskonale wiedzą, na jakie dolegliwości jakie stosować zioła i które rośliny mają najskuteczniejsze działanie profilaktyczne. Nie chodzą do apteki, ale – po prostu – zapuszczają się na kilka metrów w gąszcz i... w chwilę później wracają z tym, co jest im potrzebne. W selwie, inaczej niż w górach, nie stosuje się wywarów z pojedynczych roślin, lecz chętniej sięga do mieszanek. W tajniki ich tworzenia wprowadzał nas **Jose Torres** – szef peruwiańskiego związku curanderos, który z Pucallpy przywiózł do dżungli najnormalniejszą w świecie tablicę i pod dachem z suchych palmowych liści prowadził dla nas codziennie wykłady.

KLASA W ŚRODKU DŻUNGLI

Z wykładu Jose Torresa w obozowisku Shapsico:
Najpierw trzeba odpowiedzieć sobie na pytanie – dlaczego właśnie Peru? Dlaczego Peru jest ziemią obiecaną tych wszyst-

kich, którzy poszukują remediów na najrozmaitsze choroby świata? *Dlaczego – na przykład – nie Brazylia, gdzie dżungla jest większa niż u nas i gdzie znajduje się jeszcze więcej nienaruszonych połaci pierwotnej puszczy? Odpowiedź jest prosta. Rzecz w dużym zróżnicowaniu klimatycznym Peru. To kraj, w którym spotkać można właściwie wszystkie klimaty, jakie występują na Ziemi. Jak potrafią być dziwaczne, mieliście okazję przekonać się już w Limie. Niby blisko równika i teoretycznie powinno być upalnie, a w rzeczywistości... jakoś chłodno i wilgotno, prawda? A to przecież tylko jeden przykład. Pierwszy z brzegu. Anomalii jest dużo więcej.*

Notatnik reportera:
Spośród osiemdziesięciu dziewięciu różnych klimatów, panujących na Ziemi, w Peru występuje siedemdziesiąt osiem. Spośród stu jedenastu nisz ekologicznych, jakie biolodzy wyróżnili na wszystkich kontynentach, w Peru spotyka się aż sto dwie. W żadnym innym kraju nie ma aż takich amplitud temperatury jak tutaj. W żadnym innym zakątku nie odnotowuje się takiego zróżnicowania w poziomie rocznych opadów. Północna Atacama na pograniczu z Chile to obszar, na którym praktycznie nigdy nie pada. Dżungla u zbiegu Amazonki i Napo jest rejonem, gdzie roczne opady dochodzą do trzech metrów! Góry – oblodzone ich szczyty – to z kolei klimat niemalże arktyczny. Natomiast bezwodne wybrzeże poprzedzielane oazami typu „lomas"[1] – to autentyczna księżycowa pustynia...

Z wykładu Jose Torresa:
Wszystko to pociąga za sobą wprost trudne do ogarnięcia zróżnicowanie świata roślinnego. Trzy ogromne krainy geograficzne, ciągnące się z północy na południe, na jakie rozpada się Peru – pas nadbrzeżnych pustyń, pas sierry, czyli Andy, i pas wil-

----
[1] lomas – (hiszp.) oazy roślinności pozyskującej wilgoć z powietrza.

15. **Jose Torres** - szef peruwiańskiego związku curanderos prowadził w selwie wykłady dla polskich lekarzy

16. Co czwarta rosnąca tu roślina nie ma jeszcze nazwy...

gotnej dżungli dorzecza Amazonki – to jakby trzy gigantyczne
puzzle, które idealnie do siebie pasują i – po złożeniu – tworzą
jedną wielką całość. W tej całości, pod względem botanicznym,
mieści się – naprawdę! – nieomal...WSZYSTKO! Od tropikal-
nych palm po porosty. Od górskich traw ostrych jak noże, po
gąbczaste liście spijającego wilgoć z powietrza drzewa tananarewa.

Jacek Belczewski: O tym, że nie są to tylko puste słowa,
mogliśmy przekonać się tuż obok. Starczyło wstać zza stołu
z nieoheblowanych desek, przy którym słuchaliśmy wykładów,
po kilku koślawych schodkach zejść z chaty na ziemię i zanurzyć
się w otaczającej nas gęstwinie. Dżungla wsysała nas tak, jak sucha gąbka wciąga wodę. Natychmiast dopadał nas jej parny oddech i dobywające się zewsząd odgłosy. Gdyby nie to, że otocze-
nie obozowiska było doskonale przygotowane na nasze przybycie, najpewniej już po pierwszych kilkudziesięciu krokach byśmy
się pogubili. Na szczęście nic takiego nam nie groziło. Na kilka
godzin przed przyjazdem naszego samochodu, ktoś – przypusz-
czam, że był to Jose Torres – porobił tu przecinki i starannie za-
programował trasy wypadów w głąb lasu. Do pni najbardziej
charakterystycznych drzew poprzyczepiane zostały etykietki
z łacińskimi i zwyczajowymi nazwami, a od drzewa do drzewa
wiodła wycięta maczetą wąska ścieżka. Tak przygotowana, chyba najdziwniejsza w świecie klasa, czekała na przybycie
uczniów...

Jacek Kaziński: Bogactwo roślin mieliśmy jak na dłoni.
Ojé, huinco, capirona. Boa huasca, cedro, toe, chacruna. Chiri-
sanango, sangre de drago i oczywiście vilcacora. Paico. Marcco.
Alacrán. Boldo. Yerba luisa, camu-camu, iporuro i cocona. To
tylko te nazwy, które zapamiętałem z pierwszego spaceru. Po na-
stępnym – i kolejnym – przybywało ich w postępie geometrycz-
nym. Byłem oszołomiony taką różnorodnością, takim bogac-
twem, o którego istnieniu do tej pory w ogóle nie miałem pojęcia! Po pewnym czasie, ku mojej radości, rośliny, powtarzające
się najczęściej, sam zaczynałem rozpoznawać...

17. Alina Rewako: „W selwie ściany pokoju zastępuje cieniutka siateczka moskitiery"

18. Mały leniwiec pełni rolę domowego kotka

Marek Prusakowski: Zdziwiło mnie przede wszystkim to, iż młode, dopiero co wschodzące rośliny często tak bardzo różniły się od roślin już w pełni dojrzałych, że w zasadzie można by ich nie poznać. Zdziwiła mnie też wewnętrzna struktura dżungli. To co z brzegu polany wyglądało na bezkształtną plątaninę pni, gałęzi i pędów, po wejściu do środka, po zagłębieniu się, zaskakiwało wielce misterną konstrukcją, tworzącą sklepienie wsparte na wspaniałych kolumnach. Te kolumny były oczywiście pniami, łuki sklepienia stanowiły natomiast zachodzące na siebie korony drzew. Nawet najlepszy architekt czegoś takiego by nie wymyślił! To mogła stworzyć tylko natura!

Jacek Kaziński: Jose Torres okazał się ekspertem nad ekspertami. Dżunglę znał chyba jeszcze lepiej niż własną kieszeń. **Zdawało się, że to, co nas oszałamiało i co było dla nas niepojęte, dla niego nie stanowiło najmniejszej tajemnicy.** Ta oto roślina po czterotygodniowej kuracji usuwa jaskrę, a tamta skuteczna jest nawet na stwardnienie rozsiane... Ta bez problemów radzi sobie z kamieniami nerkowymi, a tamtą można próbować leczyć nawet rozszczep kręgosłupa... Uderzyła mnie jego ogromna pokora i radość płynąca z wręcz intymnego kontaktu z przyrodą. „To jest jeden z moich najlepszych przyjaciół" – mówił co jakiś czas z uśmiechem, przytulając się do pnia wielkiego drzewa. I czuło się, że nie jest to tylko poetycka przenośnia, ale autentyczne, żywe doświadczenie. Przypominało mi to słowa Victora Inchaustegiego, który w Limie opowiadał nam, że gdy jest całkiem zagubiony i nie wie, co począć ze swymi beznadziejnie chorymi pacjentami, zapuszcza się w dżunglę i rozmawia z roślinami.

Alina Rewako: Jak kaczęta za panią matką wędrowaliśmy za Jose Torresem od drzewa do drzewa, a on – wsparty jedną ręką o pień, a w drugiej dzierżąc nieodzowną maczetę – opowiadał historię każdej rośliny. Tak! – bo, okazuje się, każda roślina posiada własną historię! Każdy gatunek ma swoją osobowość! Ojé jest jak kościsty, ospowaty mężczyzna, a huanuco – wiotkie i miękkie, jak niewiasta. Boa huasca jest silna jak sprężyna napięta do granic możliwości, a yerba luisa – mimo że to bylina – przypomina gnące się ku ziemi kaczeńce. Nasz przewodnik opowiadał o sezonowych i dobowych rytmach, w jakich krążą w nich soki, o tym, które części roślin używane są przy konkretnych dolegliwościach i w jaki sposób przygotowuje się z nich lekarstwa. Wyglądało na to, że nie ma choroby, na którą nie można by tu znaleźć skutecznego remedium...

Z danych Regionalnego Ministerstwa Rolnictwa w Pucallpie: Co czwarta roślina z dżungli nie została jeszcze sklasyfikowana. Co czwarte źdźbło, po którym stąpa się w selwie, wciąż nie ma nazwy.

Każdy hektar tropikalnego lasu – z uwagi na niepowtarzalność ukształtowania terenu, odmienność podłoża i inny przebieg rzek – tworzy unikatowy ekosystem, którego odpowiednika próżno by szukać gdziekolwiek indziej.

Zniszczenie ara dżungli jest zatem często równoznaczne z niemożliwą do odrobienia stratą kilkunastu, a co najmniej kilku gatunków nieznanych dotąd roślin. Spośród nich – jak można przypuszczać – przynajmniej część wykazuje właściwości lecznicze: to gatunki mogące w przyszłości leczyć choroby, których w tej chwili w ogóle jeszcze nie znamy...

Z dyskusji po wykładzie Jose Torresa:
JACEK BELCZEWSKI: *Jeśli roślin jest tu tak dużo i jeśli niemalże co druga z nich może wywierać aż tak zbawienny wpływ na człowieka, dlaczego w świecie, w Europie, tak mało na ten temat wiadomo?*
JOSE TORRES: *Są co najmniej trzy przyczyny tego stanu rzeczy. Po pierwsze – Peru, z racji położenia geograficznego, jest jakby odcięte od reszty świata, a najwięcej roślin leczniczych występuje u nas tam, gdzie diabeł mówi dobranoc. Nie każdy ma tyle samozaparcia i sił jak wy. Nie każdy będzie narażał się na tyle niedogodności i niewygód, żeby o tym, w co tak trudno uwierzyć, przekonać się na własne oczy.*

Po drugie – jest to też sprawa mentalności. Świat jest na wskroś europocentryczny. Świat wierzy tylko w to, co zachodnie. Południe kojarzy się z ryzykiem, uważane jest za trzeci, albo jeszcze gorzej – czwarty świat. To miejsce nie do końca pewne, którego należy się wystrzegać... Jeśli coś pochodzi z Paryża czy Madrytu, dużo łatwiej działa na wyobraźnię i znajduje zwolenników. Natomiast taki kraj jak Peru – niestety – jakoś na wyobraźnię nie działa. Trudno nawet przypuszczać, żeby miało to się kiedyś zmienić...

I trzeci powód. Na świecie przeprowadzono już wiele analiz peruwiańskich roślin leczniczych. I co za każdym razem z tego wynikało? Jeśli z roślin wyodrębni się substancje czynne – alkaloidy, flawonidy czy saponiny – związki te, po podaniu zwierzętom doświadczalnym, nie działają tak skutecznie, jak prymitywnie przygotowywane wywary. „Dlaczego?!" – pytają oponenci. – To przecież dziwne i przeczy naukowej metodologii". Tak pojawiają się wciąż nowe znaki zapytania...

MAREK PRUSAKOWSKI: Dlaczego tak się dzieje? Dlaczego pojedyncze substancje nie działają w stu procentach, wywary natomiast okazują się skuteczne?

JOSE TORRES: *Istnieje już naukowa interpretacja tego zjawiska. I wcale nietrudno ją zrozumieć. Przypuszcza się, że z pewnych względów jest lepiej, gdy na organizm działają kompleksy chemiczne – większe struktury – a nie tylko pojedyncze związki. Zgodnie z tą interpretacją owe niejako „poprzywieszane" do substancji czynnych chemiczne „ogony" działają jak katalizatory: wzmagają reakcję organizmu na substancje lecznicze.*

Marek Prusakowski: To, jakim językiem posługiwał się „naczelny" curandero Peru, także stanowiło dla nas ogromną niespodziankę. Mówił jasno, zwięźle, konkretnie i nie unikał ścisłych naukowych pojęć. Nie tylko bezbłędnie znał wszystkie nazwy łacińskie pokazywanych nam roślin. Mogę z całą odpowiedzialnością powiedzieć, że dysponował naprawdę obszerną wiedzą medyczną – na pewno nie akademicką, to prawda, lecz taką, która wypływała z wieloletniej praktyki. Jednocześnie bardzo uważnie obserwował, w jaki sposób reagowaliśmy na jego słowa. **Wywiązał się między nami stały dialog, co prawda często najeżony wątpliwościami i kontrowersjami, ale pozbawiony opozycji.**

Jacek Belczewski: Jose Torres wytłumaczył nam, dlaczego w dżungli popularniejsze jest leczenie mieszankami, podczas gdy w Andach kuracje zwykle polegają na zażywaniu preparatów z pojedynczych roślin. Okazało się, że wynika to z większej obfitości roślin w selwie niż w sierze. W dżungli jest co z czym mieszać; w górach – niekoniecznie.

Alina Rewako: Wiele miejsca poświęcił interakcji poszczególnych roślin i uczył nas, jak należy je ze sobą łączyć[2]. Podkreślał duże znaczenie miodu, zarówno jako substancji poprawiającej gorzki smak wielu wywarów, jak i składnika mającego trudne do przecenienia właściwości wzmacniające. Potwierdził, że przy pomocy preparatów, na które składały się mieszanki amazońskich roślin leczniczych, można skutecznie leczyć wiele rodzajów nowotworów, jak na przykład raka piersi, jajników, macicy, jelita grubego i pęcherza. I że kuracje takie nie wywołują skutków ubocznych, które mają miejsce przy stosowaniu metod konwencjonalnych – przy radio- i chemioterapii.

Marek Prusakowski: Choć z drugiej strony – co trzeba podkreślić – nie brakowało też ostrzeżeń. Bo – jak się okazuje – wiele ze środków, o których mówił Jose, można aplikować tylko pod okiem bardzo doświadczonego terapeuty. Zdarza się, że po ich podaniu pierwsze reakcje pacjenta mogą być bardzo gwałtowne – mogą wystąpić torsje i wysoka gorączka. Dotyczy to przede wszystkim terapii oczyszczających, dokonywanych przy pomocy kory drzewa oję czy pędów krzaka ajos sacha. Osobiście – zresztą chyba podobnie jak wy – nigdy nie zdecydowałbym się na ich zastosowanie.

----

[2] Niektóre rady Jose Torresa wykorzystano przy opracowywaniu przepisów zawartych w rozdziale VI.

PIRANIE PŁYWAJĄ W UKAJALI

Zapiski z podróży:
Dokładnie po takim czasie, jaki był potrzebny, żeby w pełni przyzwyczaić się zarówno do warunków życia, jak i do rytmu dnia panującego w dżungli, tą samą ścieżką, tym samym zdezelowanym mikrobusem i tą samą szosą wróciliśmy do Pucallpy. Na dłuższy pobyt, po prostu, nie było czasu; jedyne pocieszenie stanowiło to, że do dżungli mieliśmy jeszcze wrócić – w Iquitos. Tak więc, gdy trwające całą noc koncerty cykad przestały nam przeszkadzać („muzyka niezła – zwykł mawiać Marek – ale co z tego, skoro muzycy hurmem wchodzą na człowieka?"), znów musieliśmy o nich zapomnieć i przyzwyczajać się do czegoś całkiem nowego: do trwającej dzień i noc kakofonii ulic Pucallpy, największego miasta regionu Ukajali.

Europejczyk tylko z wielkim trudem nazwałby Pucallpę miastem, to miano bowiem kojarzy nam się z czymś zupełnie innym. Dominuje tu zabudowa jednopiętrowa – rozsypujące się rudery z wystającymi na wszystkie strony prętami zbrojeniowymi i niezliczoną ilością drutów elektrycznych. Dróg asfaltowych prawie nie ma, a ulice stanowią rdzawe, gruntowe gościńce, po których przez całą dobę pędzą oszalałe motoriksze. Niewielka moc silników tych pojazdów powoduje, że kierowca przez cały czas „piłuje" motor na najwyższych obrotach przy często – na dodatek – zdemontowanym tłumiku. Kiedy kilkanaście takich wehikułów co chwila rusza na skrzyżowaniu, trąbiąc ile wlezie, nie ma mowy o zmrużeniu oka w nocy, nawet jeśli twój hotel znajduje się o kilka przecznic dalej...

Jacek Belczewski: Z Pucallpy już następnego dnia szybką łodzią motorową popłynęliśmy w górę Ukajali do wioski Vista Alegre, zamieszkanej przez Indian Shipibo. Dzięki namowom Cesara Barrigi, **Pershinga Hernandeza** i **Lindy Chia**, którzy towarzyszyli nam w wyprawie, szczep ten jako pierwszy w Peru w sposób planowy zaczął uprawiać vilcacorę. Mieliśmy

19. Urwisty brzeg w środkowym biegu Ukajali

20. To nie żarty. Wokół pływały piranie!

poznać starszyznę wioski i przekonać się na własne oczy, na jakim ugorze – wbrew rachubom Ministerstwa Rolnictwa – wschodzi plantacyjna „Uncaria tomentosa".

Jacek Kaziński: I nie chodziło o nieurodzajność gleby w selwie, bo wystarczy tylko trochę wykarczować ziemię, a wszystko rośnie właściwie samo – lecz... o LUDZI. Opowiadał nam o tym Cesar Barriga, który jako agronom z tytułem inżyniera miał w tej dziedzinie największe doświadczenie. Problem polegał na tym, że **Indianie z puszczy w zasadzie nie wiedzą, co to takiego... praca!** Od czasów paternalistycznych rządów generała Velsaco Alvarada wspólnoty indiańskie są w zasadzie na garnuszku państwa i gdy w wiosce czegoś potrzeba, kieruje się do Limy odpowiednią petycję. Wystarczy, że jedna osoba potrafi pisać i czytać, a druga ma na tyle silne ramiona, by – wiosłując przez kilka dni w łodzi płynącej pod prąd Ukajali – zawieźć list do adresata. Schody zaczynają się w momencie, gdy trzeba zrobić coś samodzielnie i nie przynosi to natychmiastowych efektów, lecz może do nich doprowadzić najprędzej za dwa, trzy lata...

Z rozmowy z inżynierem Cesarem Barrigą:
CESAR BARRIGA: *Wtedy rozpoczyna się dramat. Bo jak Indianom wytłumaczyć, że mają karczować dżunglę – co w tym upale nie jest przecież ani łatwe, ani przyjemne – gdy pytają: „A po co?", gdy mówią, że jeśli będą czegoś potrzebować, dostaną to z Limy, a kiedy odpowiednio długo będą prosić, rząd zbuduje dla nich nawet nową szkołę?*
ALINA REWAKO: *Jakie jest wyjście z takiej sytuacji?*
CESAR BARRIGA: *Trzeba za wszelką cenę próbować im tłumaczyć, jakie korzyści odniosą z własnej pracy. Trzeba mówić długo, dobitnie i możliwie jak najbardziej obrazowo. Należy często wspominać o ich dzieciach, o ich przyszłości – to ich czuły punkt, najczulszy. A przede wszystkim we wspólnocie trzeba odnaleźć ludzi, którzy już w jakiś sposób otarli się o miasto i cywilizację i pozyskać ich dla sprawy. Gdy posłuchają dobrych rad*

21. Przybycie polskich lekarzy do wioski Indian Shipibo dla tubylców było wielkim świętem

22. „Uszlachetnianie" vilcacory

i dzięki temu zacznie im się lepiej powodzić, ich przykład może stać się zaraźliwy...

Alina Rewako: Tubylcy obiecywali, że wyprawa w górę Ukajali odbędzie się wodolotem. Skoro świt, tuż przed oznaczoną godziną, pojawiliśmy się na przystani. Smród tego miejsca był wprost nie do wytrzymania. Wszędzie zalegały zwały rozkładających się ryb, fekalia i góry śmieci, pośród których uwijały się tłumy handlujących rybaków. Znów zastanawialiśmy się, jak to jest, że nie dochodzi tu do jakiejś katastrofalnej zarazy. Przecież siedzące wokół sępy nie były w stanie zneutralizować wszystkich nieczystości...

Jacek Belczewski: Zamiast wodolotu czekała na nas stara, zdezelowana aluminiowa łódź z zaburtowym motorem Yamaha. Wytłumaczono nam, że ten miejscowy cud techniki zmienia się w wodolot, gdy na rufie zawiśnie jeszcze jeden silnik. „Wtedy będziemy szybsi od wszystkiego, co pływa po Ukajali – usłyszeliśmy. – Nikt ani nic nas nie przegoni..."

Marek Prusakowski: Ta podróż też była nadzwyczajnym doświadczeniem. Wpłynęliśmy na około sto pięćdziesiąt kilometrów w głąb selwy i nie sądzę, żebym kiedykolwiek zdołał to jeszcze powtórzyć. W otaczającej nas zewsząd puszczy nie było ani dróg, ani ścieżek, tylko od czasu do czasu nad skłębioną zielenią tu i ówdzie unosiły się smużki dymu – jedyny dowód, że tam w głębi, hen, daleko, żyją jacyś ludzie.

Jacek Kaziński: Znów ujrzeliśmy dziką przyrodę w jej najczystszej postaci. Brzeg szeroko rozlanej rzeki był urwisty, prawie klifowy. Mętna, żółtawa woda bez przerwy go podmywała, toteż wiele drzew osuwało się w wartki nurt, tworząc nieprzebyte zatory – raj dla ptaków i ryb; przeszkody dla łodzi. Mogliśmy obserwować, jak spłoszone czaple majestatycznie podrywają się do lotu, jak z gałęzi na gałąź przeskakują ciężkodziobe tukany, jak uciekające przed drapieżnikami małe ryby wyskakują całymi ławicami nad powierzchnię wody, tworząc w słońcu iskrzące się welony. Co jakiś czas mijaliśmy Indian płynących nie tyle łupinkami, ile wąskimi wrzecionami wykonanymi z wydrążonych pni

23. W lewej ręce ayahuasca,
w prawej vilcacora...

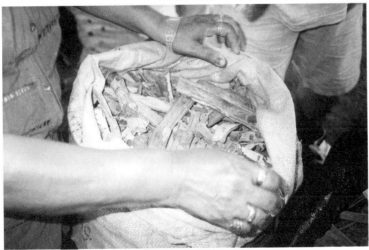

24. Pełne ręce pracy. Pełne worki vilcacory

drzew. Te długie, chwiejne łodzie praktycznie nie miały burt i aż dziw brał, że nie wywracały się na fali wywołanej pojawieniem się naszego „wodolotu". Doprawdy – graniczyło to z cudem! Tym bardziej że tubylcy nie tylko potrafili tymi czółnami pływać i lawirować pośród wirów, lecz także, utrzymując równowagę, stawać na ich dnie, zarzucać z nich sieci i godzinami wędkować. **Marek Prusakowski:** Pod dnem łodzi kipiało bowiem życie. Nie, to nie były żarty – jak tylko na chwilę zarzuciliśmy wędkę, na haczyku, raz za razem, natychmiast pojawiały się piranie! Nie mniej stresowała nas świadomość, że tuż obok mogą przepływać węgorze elektryczne – których dotknięcie powoduje wyładowanie kilku tysięcy woltów i pozbawia przytomności na wiele godzin – jak również możliwość spotkania z kajmanem lub zderzenia z przeprawiającą się przez rzekę anakondą.

Zapiski z podróży:
Ta świadomość okazała się szczególnie nieprzyjemna w drodze powrotnej. Nasi opiekunowie zapomnieli bowiem, że w dżungli o godzinie osiemnastej Pan Bóg wyłącza wszystkie światła i nastają – choć to Ameryka Południowa – iście egipskie ciemności. A Indianie nie mieli na łodzi nawet ogarka!, nie wspominając o reflektorze! Płynęliśmy więc całkiem na oślep, tym razem nie pod, lecz z prądem rzeki i doskonale wiedzieliśmy, że obok, a przede wszystkim przed nami (co najgorsze!) znajdowało się więcej łodzi tak samo nieoświetlonych, jak nasz pędzący na zatracenie „wodolot". Wysoki na kilka pięter brzeg nie dawał w przypadku kolizji najmniejszych szans na wspięcie się nań, nawet gdyby komuś udało się tam dopłynąć. Przeżyliśmy chwile autentycznego strachu i grozy. W tym momencie kilkakrotnie zadawałem sobie w duchu pytanie: „po co ci to było?".

PIERWSZY ZAGON VILCACORY

Jacek Belczewski: Indianie Shipibo z Vista Alegre przyjęli nas bardzo serdecznie. Wioska nie była z łodzi w ogóle widoczna, a zauważyliśmy ją tylko dzięki niewielkiej, usytuowanej przy brzegu marinie. Cesar Barriga, który od co najmniej trzech godzin z jednakową powagą zapewniał nas, że cel podróży znajduje się tuż, tuż, „za tym o... zakrętem", bezbłędnie jednak rozpoznał to miejsce. Najpierw wyłączyliśmy jeden silnik, potem drugi i przybiliśmy do czegoś w rodzaju drewnianego pomostu. U szczytu wyżłobionych w ziemi schodów, wiodących na wysoki brzeg, oczekiwał komitet powitalny: starszyzna pueblo[3] oraz kobiety z miejscowego odpowiednika koła gospodyń wiejskich.

Jacek Kaziński: Grała orkiestra, w ogromnych kadziach czekało już dokładnie przerzute masato[4]. Każdego z nas dwie Indianki złapały pod mankiet i wśród niesamowitego zgiełku doprowadziły do budynku szkoły. Tam zostaliśmy posadzeni przy długim stole i przez wójta wioski przedstawieni zebranym jako „medicos-amigos-polacos"[5]. Po czym ówże wójt zaprezentował nam miejscowych notabli. Każdy z nich wygłosił przemówienie; trwało to dość długo, bo Indianie uwielbiają przemawiać. My też zostaliśmy zmuszeni do publicznego wystąpienia, a Małgosi – żonie Marka – dwie Indianki wręczyły petycję z prośbą o... cztery żelazka: dwa na prąd i dwa na węgiel.

Marek Prusakowski: Czyżby pomyliły nas z rządem?

Notatnik reportera:
Plemię Shipibo, liczące w tej chwili około pięciu tysięcy osób, zamieszkuje w środkowym dorzeczu Ukajali. Znane jest przede wszystkim z wyrobu ceramiki oraz tkanin. Ponadto Indianie ci są najznakomitszymi lekarzami w całej peruwiańskiej Montanii i po przeniesieniu się do większych miast uchodzą za niezrównanych specjalistów. Znają ponad sto pięćdziesiąt roślin o właściwościach leczniczych, z których część uprawiają w swoich przydomowych ogródkach. Jest to sytuacja dość wyjątkowa, ponieważ zwykle amazońscy tubylcy ograniczają się do zbioru roślin, rosnących w stanie dzikim. Shipibo są chlubnym wyjątkiem. Dlatego limeńskie Ministerstwo Rolnictwa ma nadzieję, że właśnie w okolicach zamieszkiwanych przez Shipibo, najszybciej uda się założyć plantacje vilcacory.

----
[3] pueblo – (hiszp.) wioska.
[4] masato – białe piwo z przerzutych grudek manioku.
[5] medicos-amigos-polacos – (hiszp.) polscy lekarze przyjaciele.

Z przemówienia Cesara Barrigi wygłoszonego po przybyciu do Vista Alegre:

Z czego Shipibo byli znani w przeszłości? Powiedzcie, powiedzcie przyjaciele!

Ależ tak – z pięknych kobiet.

To prawda. Ale z czego jeszcze?

Z mądrych curacas.

To również prawda. Ale z czegoś jeszcze?

Z ceramiki – powiecie.

I tym razem, mówiąc tak, nie popełnicie błędu. Ale z czego jeszcze? Powiedzcie! Z czego jeszcze byliście znani w całym Peru?

Z tkanin, czyż nie? I ze sławnych curanderos, i z jeszcze bardziej sławnych lekarzy.

To historia. Tak było. Tak jest też w tej chwili. Ale jak będzie w przyszłości?

Oto pytanie. Pytanie, które pewnie wiele razy zadajecie sobie sami.

Ja znam na nie odpowiedź. Ja wiem. To odpowiedź, którą z dumą wypowiadać będą kiedyś wasze dzieci. W wielkiej tajemnicy wam ją zdradzę: w przyszłości będziecie znani z PLANTACJI – z tego, że jako pierwsi w tym kraju zaczęliście uprawiać vilcacorę i dzięki temu każdy z was kupił sobie telewizor...

Z dyskusji, jaka wywiązała się zaraz potem:

INDIANIN SHIPIBO: *A co zrobić, inżynierze, jak plecy bolą od karczowania?*

CESAR BARRIGA: Jeszcze bardziej pochylić się, jeszcze bardziej naostrzyć maczetę i jeszcze silniej nią przyłożyć. A w pustym miejscu – jakie powstanie – zasadzić vilcacorę albo chuchuhuasi.

INNY INDIANIN: *A co zrobić, jak nie chce się karczować? Jak nie chce się sadzić? Jak nie chce się pracować?*

CESAR BARRIGA: *Wtedy trzeba spojrzeć na waszego są-*

siada, na **Arevalo Wilsona**. *(Wskazał na jednego z Indian siedzących w ostatnim rzędzie). Wilson pracował kiedyś w kompanii naftowej i miał własne mieszkanie w Pucallpie. Zna siłę pieniądza. Wie, co warto, a czego nie warto robić. To on pierwszy zaczął oczyszczać dżunglę, zaczął podlewać pierwsze sadzonki vilcacory. Jego dzieci będą kiedyś pływały po Ukajali łodzią z trzema silnikami. A wasze dzieci? Jak będą się poruszać? Czym będą pływały?*
Odpowiedzcie!
Jak nie wiecie, to ja wam pomogę. Dłubanką! Tak – najprostszą dłubanką, jaka istnieje! Inaczej niż dzieci Arevalo Wilsona – do końca życia będą wiosłować, wiosłować...

Marek Prusakowski: Sama plantacja bardzo nas rozczarowała. Co najwyżej stanowiła zaczątek czegoś, co dopiero będzie... Wykarczowano w sumie może z dziesięć hektarów lasu i w dość równych rzędach, wzdłuż wbitych w ziemię tyczek, wschodziły pierwsze sadzonki vilcacory. Nie wszystkie drzewa usunięto z ich otoczenia. Zostawiono takie, które dawały cień i w przyszłości mogły stanowić oparcie dla pnączy. Najwidoczniej ktoś to wszystko zaplanował, starał się nieco wybiec myślą do przodu. Ale czy na ciąg dalszy aby na pewno wystarczy mu wyobraźni?

Jacek Kaziński: Gdy to zobaczyłem, miałem podobne wątpliwości. Bo ta wschodząca vilcacora, pierwsze plony mogła dać najprędzej za trzy, cztery lata. Czy Indianom – nawet jeśli są to znani ze swych przydomowych ogródków Shipibo – wystarczy samozaparcia, żeby doczekać do pierwszego zbioru?

Jacek Belczewski: Pewne pozytywne znaki zaobserwowaliśmy w chacie wspomnianego przez Cesara Barrigę Arevalo Wilsona. Indianin ten niewątpliwie był w Vista Alegre kimś w rodzaju pioniera uprawy „Uncarii tomentosy". Na niewielkim stryszku miał już nawet kilka worków pełnych skrawków kory, z którymi wkrótce zamierzał udać się na targowisko do Pucallpy. Pochodziły one z poletka znajdującego się nieco dalej w głębi dżungli, gdzie przed trzema laty – najpierw nieśmiało, potem coraz odważniej – zaczął eksperymentować z własnoręcznie zasadzoną vilcacorą.

Marek Prusakowski: Zapytałem Cesara Barrigę, czy rzeczywiście uważa, że z tego pieca będzie kiedyś chleb: czy na tym ugorze rzeczywiście wzejdzie kiedyś pełnowartościowa vilcacora? Powiedział, że ma taką nadzieję, ale wie, że zanim do tego dojdzie, jeszcze dużo wody musi przepłynąć w Ukajali...

ROZDZIAŁ III

JUNIN I CUZCO – GÓRY, GÓRY

CISZA GORSZA OD KRZYKU

Alina Rewako: Do tej pory mówiliśmy o dżungli jako o czymś bardzo wzniosłym i wspaniałym. Podziwialiśmy jej bogactwo, obfitość i nieprzebraną różnorodność świata roślinnego. Ale selwa ma też inne oblicze. Dużo bardziej złowrogie, ponure. Zaskoczyło mnie ono wcale nie mniej niż to, o czym dotąd mówiliśmy. Bo dżungla jest nie tylko synonimem pulsującego życia. Może też stanowić synonim śmierci.

Jacek Belczewski: Wiem, o czym mówisz. O dymach, o słupach dymu, które bez przerwy unoszą się nad puszczą. Zwróciłem na nie uwagę na samym początku naszego pobytu w Pucallpie. Zdziwienie ogarnęło mnie już na lotnisku, bowiem z tego, co przeczytałem przed wyjazdem z Polski, wynikało, że Pucallpa leży w sercu tropikalnego lasu. Tymczasem po wyjściu z samolotu okazało się, że selwy w Pucallpie nie ma!; że miasto położone jest na ciągnącej się po horyzont równinie tu i ówdzie tylko urozmaiconej niezbyt dużymi kępami drzew.

Marek Prusakowski: Do niedawna – dosłownie cztery, pięć lat temu! – rosła tam dżungla! Teraz selwa bardzo oddaliła się od miasta, cofnęła się, jakby zapadła w sobie. Została wyniszczona, wytrzebiona. Pod uprawę, pod zabudowę. Żeby z Pucallpy dotrzeć do selwy, trzeba co najmniej godzinę jechać szosą, przez okolicę dosłownie pozbawioną roślinności! Przemierza się wtedy smętne karczowiska, spośród których sączą się warkocze dymów. Bo – tak jak w innych częściach świata – także tu najprostszą metodą pozbywania się lasu jest ogień.

Jacek Kaziński: W Pucallpie mieliśmy okazję przekonać się na własnej skórze, że dramatyczne prognozy Ministerstwa Rolnictwa w Limie na temat rychłego zaniku amazońskich lasów nie są ani trochę przesadzone. W powietrzu stale unosi się swąd płonącej wokół dżungli, a miasto cały czas spowija niebieskawa mgiełka dymu. Codziennie z mapy świata znika osiem hektarów lasu, z czego co najmniej połowa przypada na Amerykę Południową, a jedna trzecia na Peru. Winni są poszukiwacze złota, narkotykowa mafia, ekipy poszukujące rzadkich odmian drewna i jeszcze sto innych przyczyn. Efekty widać jak na dłoni. Miejsca – gdzie jeszcze do niedawna rósł tropikalny las, a teraz są tylko wykroty po wykarczowanych drzewach i pokłady ciepłego popiołu, w którym grzęźnie się po kostki – można porównać tylko do krajobrazu po bitwie na bagnety.

Marek Prusakowski: Jedyna różnica polega na tym, że nie słychać jęków konających. Wokół panuje cisza. Świdrująca w uszach cisza. Cisza gorsza od krzyku.

Alina Rewako: Dokładnie takiego samego określenia użył Jose Torres w czasie spotkania, jakie zaraz po powrocie z Vista Alegre zorganizowano dla nas w Szpitalu Regionalnym w Pucallpie. Był to kolejny milowy słup na szlaku naszej wędrówki śladami vilcacory. Mimo że rozmawialiśmy tam przede wszystkim o kwestiach medycznych, to przed ekologią oraz obawą, co stanie się z selwą – apteką przyszłości – ani na chwilę nie mogliśmy uciec.

PRZYWRÓCENI ŻYCIU I ŚWIATU

Zapiski z podróży:
Zżerała nas ciekawość, jak też wygląda peruwiański szpital. Szczerze mówiąc, spodziewaliśmy się wszystkiego co najgorsze. Pucallpa – prawdziwe miasto pogranicza z tysiącami motoriksz na ulicach – do złudzenia przypominała Indie. A więc i w sprawie szpitala byliśmy przygotowani na indyjskie standardy.

25. Pucallpa. Przed szpitalem...

26. ... i w szpitalu. To właśnie tu, do pracy dopuszcza się curanderos na równi z lekarzami. W dolnym rzędzie od lewej: **Emil, Alonso, Ernesto, Marco, Sebastian** i **Diego** - znawcy roślin leczniczych na stałe współpracujący z miejscowymi lekarzami

Rzeczywistość, po raz kolejny, okazała się jednak inna od oczekiwań. Gdy dojechaliśmy do szpitala, po prostu nie mogliśmy uwierzyć własnym oczom. Ujrzeliśmy duży, nowoczesny gmach otoczony przepięknym ogrodem, w którym stoją bungalowy zamieszkane przez lekarzy. Wnętrze zaskoczyło nas przestronnością, sterylnością i znakomitą wentylacją. Pozostawiliśmy za drzwiami tropikalną spiekotę, bowiem temperatura – co za ulga! – oscylowała wokół dwudziestu czterech, dwudziestu pięciu stopni. Szpital imponuje również sprzętem: wyposażono go w dwa tomografy, aparaturę do wykonywania rezonansu magnetycznego, a trzy sale operacyjne zostały przystosowane do najbardziej nawet skomplikowanych zabiegów, włącznie z przeszczepami, przyszywaniem urwanych kończyn i operacjami na otwartym sercu.
Medyczny Manhattan w sercu dżungli!

Jacek Kaziński: Spotkanie odbyło się w dużej auli. Przybył na nie ordynator szpitala, doktor **Alberto Mendez Ruiz**, jeden z chirurgów – doktor **Diego Chenemaques**, jak i kilku curanderos. To, że curanderos siedzieli w jednym rzędzie razem z wziętymi lekarzami, uznałem najpierw za jakieś faux pas. Dopiero po dłuższej chwili zrozumiałem, że to nie żaden przypadek, ale po prostu reguła!

Marek Prusakowski: Okazało się, iż w szpitalu w Pucallpie, mimo że był to szpital wielce nowoczesny i robiący duże wrażenie, curanderos – znawcy roślin leczniczych – i dyplomowani lekarze bardzo blisko z sobą współpracują. To, o czym w Limie już drugiego dnia po przylocie opowiadał nam doktor Victor Inchaustegi, tu także było chlebem powszednim. Ordynator zauważył nasze zdumienie i widząc, że nie do końca jesteśmy „nawróceni", natychmiast wyjaśnił: „Medycyna konwencjonalna i medycyna ludowa w tym szpitalu podały sobie ręce. Nie można powiedzieć, że współpracujemy z szamanami. Mamy po prostu duży respekt wobec medycyny ludowej, z czego korzyści wyciągają pacjenci".

Alina Rewako: Okazało się, że szpital zatrudnia curanderos nie dlatego, że brakuje lekarzy, lecz po to, aby zwiększyć skuteczność leczenia. „Znawcy medycyny ludowej zdradzają nam tu swoje największe sekrety – mówił dalej ordynator. – Uczymy się od nich, konsultujemy z nimi najcięższe przypadki. Jest to praktyka, która trwa już wiele lat. W tym czasie zaskarbili sobie naszą sympatię i zaufanie".

Z wystąpień curanderos:

ERNESTO JIMENEZ: *My też się uczymy. Wcale nie twierdzimy, że wszystko wiemy najlepiej. Nie pozjadaliśmy wszystkich rozumów, nie znamy wszystkich recept. Wydaje nam się, że budowanie barykad wokół łóżka chorego nie ma zbyt dużego sensu. Jeśli wiemy coś, czego nie wiedzą lekarze, dlaczego nie mielibyśmy się tym z nimi podzielić?*

SEBASTIAN MARIATEGUI: *Moim zdaniem to nieprawda, że istnieje medycyna konwencjonalna i niekonwencjonalna. Co terminy te miałyby właściwie oznaczać? Istnieje jedynie medycyna skuteczna i nieskuteczna. My, curanderos ze szpitala w Pucallpie i tutejsi lekarze, wyraźnie opowiadamy się za tą pierwszą.*

RODOLFO AUGUSTINI: *Dzięki współpracy z lekarzami, dzięki temu, że mamy dostęp do laboratoriów, lepiej rozumiemy działanie naszych preparatów. Zaczynamy zgłębiać mechanizmy ich działania, o których do tej pory nie mieliśmy pojęcia. Poprzednio pracowałem w szpitalu w Iquitos razem z doktorem Victorem Inchaustegim. Podobnie jak szpital w Pucallpie jest to miejsce, gdzie rodzi się autentyczna medycyna przyszłości.*

Notatnik reportera:
A dalej potoczyła się opowieść... O chorej na raka piersi kobiecie, której lekarze dawali najpierw dwa miesiące życia, a Ernesto – stosując wywar z canchalagui, vilcacory i tahuari – w ciągu pół roku postawił ją na nogi.

O chorym na raka gruczołu krokowego, skazanym już właściwie na śmierć, którego Sebastian – za pomocą sangre de drago, achiote i jeszcze kilku innych roślin – wyleczył i przywrócił światu.

O chorych na cukrzycę leczonych przez Mulata Rodolfo pasuchaką, abutą, camu-camu i cuti-cuti, którzy po kilku tygodniach zapomnieli, co to takiego insulina.

O wyleczonych z łuszczycy!

O kierowcach chorych na niedowład kończyn, którzy – pod okiem curandero Alberto – dzięki zażywaniu chuchuhuasi, palo santo i palo de huaco – znów zasiedli za kierownicami swoich samochodów i ponownie zaczęli przemierzać Peru z południa na północ i ze wschodu na zachód...

Marek Prusakowski: To, co usłyszeliśmy, zrobiło na nas ogromne wrażenie. Tym bardziej że w większości wypadków curanderos okazywali się niezwykle prostymi ludźmi, nie mającymi absolutnie żadnych pretensji do „gwiazdorstwa". Często posiadali tylko dwie koszule na zmianę i jedną parę butów noszonych od święta. Proszę sobie wyobrazić, że niektórzy – ci niezwiązani ze szpitalem – żeby móc się z nami spotkać, całą dobę płynęli, wiosłując pod prąd Ukajali.

Alina Rewako: Jeden z nich – specjalista leczący niedowład i nowotwory – był niewidomy. Lekarze odnosili się do niego z wielką atencją. Powiedział nam, że kalectwo w niczym mu nie przeszkadza i przez lata praktyki nauczył się rozpoznawać choroby po zapachu i po dotyku. Na pożegnanie wręczył butelkę z żółtawą miksturą, którą – ponoć – bardzo szybko można wyleczyć reumatyzm i artretyczne zmiany w stawach.

Marek Prusakowski: Na koniec pobytu w Pucallpie udzieliliśmy wywiadu miejscowej telewizji. Wyjaśniliśmy, kim jesteśmy i jaki jest cel naszej wizyty. Dziennikarza, który z nami rozmawiał, bardzo to zainteresowało. Wydaje mi się jednak, że w porównaniu z tym, co sami tu usłyszeliśmy i zobaczyliśmy, niewiele mieliśmy do powiedzenia.

27. Andy urzekają groźnym majestatem

28. W porównaniu z dżunglą sierra wydaje się skalistą pustynią

SZLAKIEM ERNESTA MALINOWSKIEGO

Zapiski z podróży:
Bardzo szybko nastąpiła zmiana dekoracji. Bo ledwie co skończyliśmy pobieranie nauk w dżungli niedaleko Pucallpy i – po tamtejszym upale – jedną dobę zdołaliśmy odetchnąć chłodnawym powietrzem Limy, a tu już organizatorzy przyszykowali nową niespodziankę i wysłali nas na drugi biegun Peru – do Cerro de Pasco i Junin.

Andy. Sierra. Po selwie przyszła teraz kolej na góry – góry Inków. Mieliśmy poznać całkiem nowe oblicze Peru. Zupełnie odmienne, ale wcale nie mniej tajemnicze.

Ostrzeżeni przez bywalców – iż na wysokości 4200 metrów nad poziomem morza, na którą mieliśmy dojechać, płuca z trudem wychwytują tlen – już w przeddzień, wieczorem, grzecznie wypiliśmy herbatkę z liści koki. Nie, nie ma ona nic wspólnego z narkotykami, z kokainą, a używka w formie saszetek do zaparzania jest powszechnie dostępna we wszystkich peruwiańskich sklepach spożywczych; serwuje się ją także w większości kafejek i restauracji. Zwyczaj picia takiego naparu – bądź znacznie bardziej efektywnego żucia suszonych liści koki – wywodzi się jeszcze z czasów Inków. Poza tłumieniem głodu znosi uczucie zmęczenia, pomaga w przypadkach astmy, zaburzeń trawiennych i – co dla nas było najważniejsze – ułatwia adaptację do dużych wysokości...

Alina Rewako: Objawy choroby wysokościowej zaczyna się odczuwać od granicy około trzech tysięcy metrów. Na tym poziomie zawartość tlenu we wdychanym powietrzu staje się zbyt mała, żeby nasycić hemoglobinę zawartą w czerwonych ciałkach krwi. Dlatego organizm cierpi na niedotlenienie i nie pozostaje mu nic innego, jak uruchomić wypróbowane mechanizmy adaptacyjne. To przez nie człowiek zaczyna źle się czuć: ma przyspieszone tętno, serce mu kołacze, a na twarzy pojawiają się piekące rumieńce. Jeśli do tego dodać osłabienie ostrości widzenia, trudności z koncentracją oraz uczucie potwornego zmęczenia – obraz staje się pełny.

Jacek Belczewski: W organizmie zwiększa się ilość czerwonych krwinek, a jednocześnie zmniejsza objętość krążącej krwi – krew gęstnieje. Stan taki utrzymuje się przez kilka tygodni, co bardzo pomaga przy ponownym przekroczeniu wysokości trzech tysięcy metrów. Nam ta zaprawa, po wyprawie do Junin, przydała się szybko, bo już w Cuzco – ale o tym za chwilę, bo na razie nie dotarliśmy jeszcze na płaskowyż...

Jacek Kaziński: Jechaliśmy samochodem. Po przebiciu się przez ośmiomilionową Limę i minięciu ogromnego, przypominającego fortecę gmachu ambasady amerykańskiej, wjechaliśmy do głębokiego wąwozu. Po obu stronach szosy kilkusetmetrową ścianą piętrzyły się Andy. Niżej płynął niewielki strumyk, a droga wiła się ponad nim wąską i krętą półką skalną, od czasu do czasu nakrywaną kamiennymi nawisami. Równolegle do niej – tunelami, wiaduktami, nasypami i estakadami wiódł zbudowany przez Ernesta Malinowskiego szlak kolejowy do Huanuco i La Oroya. Co było potem, nie wiem, bo wysokość coraz bardziej dawała znać o sobie i w końcu... zasnąłem...

Jacek Belczewski: Czuliśmy dziwaczny niepokój spowodowany niedotlenieniem. Nie pozwalał on skoncentrować się na przepięknych widokach i kazał patrzeć na wszystko jakby zza bardzo grubej szyby. Mijaliśmy fantastyczne, szarozielone jeziora, na brzegach których brodziły niezliczone stada flamingów; przejeżdżaliśmy obok wyeksploatowanych kopalni miedzi i złota; na szarosrebrnych punach widzieliśmy pasące się alpaki i wikunie[1]. Wszystko jednak wydawało się nam jakieś odległe i odrealnione, jakby wcale tego nie było – jakby stanowiło tylko grę naszej niedotlenionej wyobraźni...

----
[1] alpaki i wikunie – hodowlane odmiany lam.

PERUWIAŃSKA VIAGRA

Notatnik reportera:
Powodem naszej wizyty w górach były jednak nie krajobrazy, lecz maca. Maca to warzywo, które – z wyglądu podobne do rzepy, tyle że mniejsze – często określane jest mianem peruwiańskiego żeń-szenia, a ostatnio – peruwiańskiej viagry. To roślina ze wszech miar niezwykła – znano ją już w czasach preinkaskich. Kiedyś w Andach była rozpowszechniona bardziej niż ziemniaki. Obecnie, dzięki swym niepospolitym właściwościom odżywczym i rewitalizującym, zaczyna przeżywać renesans.

Jak twierdzą Indianie, gdy konkwistadorzy przybyli na andyjskie altiplano[2], zauważyli, że ich konie nie tylko marnieją, ale w dodatku nie mają najmniejszej ochoty się rozmnażać. Życzliwie jeszcze wówczas nastawieni Indianie podpowiedzieli im, że do końskiej paszy należy dodać makę. Rada okazała się skuteczna. Po bardzo krótkim czasie konie nie tylko zaczęły odzyskiwać siły i przybrały na wadze, ale na potęgę zaczęły się parzyć. Dziś badania laboratoryjne potwierdziły odkryte przed wiekami właściwości maki. Poza wyraźnym działaniem zwiększającym wagę ciała (w tym masę mięśniową; co za wspaniały zamiennik dla „koksu" stosowanego przez sportowców!) maca podwyższa wydolność fizyczną, pobudza układ odpornościowy, poprawia potencję. Jednocześnie zwiększa płodność.

Z badań laboratoryjnych:
Doświadczenie pierwsze.
Przez sześć miesięcy kolonii czterdziestu czterech szczurów podawano wraz z pokarmem sproszkowaną makę. W skład kolonii wchodziło osiem samców i trzydzieści sześć samic. Grupa kontrolna, której nie podawano maki, składała się z dwudziestu sześciu szczurów – z dwóch samców i dwudziestu czterech samic.

----
[2] altiplano – (hiszp.) płaskowyż.

Po sześciu miesiącach trzydzieści spośród trzydziestu sześciu samic z grupy eksperymentalnej wydało na świat potomstwo – od trzech do czterech młodych szczurów z miotu. W tym samym czasie z grupy kontrolnej tylko osiem szczurzyc miało młode i to co najwyżej po trzy z miotu.

Stan ogólny młodych szczurów z grupy eksperymentalnej był znacznie lepszy niż stan potomstwa z grupy kontrolnej. **Stwierdzono wyraźną korelację płodności szczurów z faktem podawania im sproszkowanej maki w okresie rozrodczym. Odżywianie maką miało też wyraźny wpływ na stan zdrowia i żywotność przychodzących na świat szczurów.**

Doświadczenie drugie.

Kolonii czternastu szczurów o średnim ciężarze ciała osiemdziesięciu pięciu gramów przez trzy miesiące wraz z pokarmem podawano makę w ilości trzydziestu procent masy pożywienia.

W tym samym czasie grupie kontrolnej składającej się z dziewięciu szczurów o zbliżonym średnim ciężarze ciała i odżywianej w ten sam sposób, do pokarmu nie dodawano maki.

Po trzech miesiącach ciężar ciała szczurów z grupy eksperymentalnej wykazał przyrost o około piętnaście procent. W grupie kontrolnej nie zauważono żadnej znaczącej różnicy w masie ciała.

W wyniku eksperymentu **stwierdzono wyraźną korelację między faktem odżywiania szczurów pokarmem wzbogaconym o makę a przyrostem masy ciała.** Podobny stopień korelacji osiągnięto w analogicznych doświadczeniach dokonanych na świnkach morskich i żabach.

W przypadku samic, po sekcji, za każdym razem stwierdzano zdecydowanie większą liczbę pęcherzyków Graafa w grupie eksperymentalnej niż w grupie kontrolnej, co wskazuje na znaczny wzrost ich płodności.

Opisane eksperymenty przeprowadzono pod kierunkiem doktor **Lidy Obregon Vilches** w 1997 roku w Amerykańskim Instytucie Fitoterapii w Limie.

Z rozmowy z doktor Lidą Obregon – autorką obszernej monografii na temat maki:

LIDA OBREGON: Maca – moim zdaniem – zrobi w świecie nie mniejszą karierę niż chuchuhuasi, pasuchaca i vilcacora. To roślina, którą wprost trudno przecenić. Z powodzeniem można ją stosować w leczeniu anemii, niepłodności, impotencji, oziębłości płciowej, osteomalacji, reumatyzmu, artretyzmu, zaburzeń wzrostu, gruźlicy, AIDS i osteoporozy.

JACEK BELCZEWSKI: *Co decyduje o specyfice maki?*

LIDA OBREGON: *Między innymi to, że niektóre związki, wchodzące w jej skład, w wątrobie zamieniają się w hormony.*

JACEK KAZIŃSKI: *Stąd jej wszechstronne działanie?*

LIDA OBREGO: *Nie tylko. Zawdzięczamy je przede wszystkim rewelacyjnemu składowi maki. Temu wszystkiemu, co zawiera. Maca posiada białka, węglowodany, witaminy A, B1, B6, B12, sód, potas, magnez, wapń, fosfor, żelazo, chrom, cynk, bor, jod, glin, krzem, bizmut, a także determinujące jej terapeutyczne działanie alkaloidy, glikozydy, steroidy, saponiny, taniny, prostaglandyny, naturalne estrogeny, trójterpeny. Dosłownie wszystko. A właściwie – jeszcze więcej!*

Marek Prusakowski: Gdy trudy samochodowej wspinaczki mieliśmy już za sobą i gdy stałem na kamienistym polu gdzieś pod Junin, trzymając w ręce niewielką, świeżo wyrwaną z ziemi białą rzodkiewkę – makę, nie mogłem uwierzyć, że w tym niepozornym maleństwie znajduje się aż tyle dobrodziejstw! Fakty nie pozostawiały jednak żadnych wątpliwości. Maca skutkowała. Pomagała i zwierzętom, i ludziom! W formie kapsułek i łatwego do rozprowadzenia w wodzie proszku zawojowała już cały świat – trafiła do USA, Niemiec, Włoch, Szwecji, a ostatnio – dzięki Andean Medicine Centre w Londynie – także do Polski!

Jacek Kaziński: Doktor Martha Villar z Ministerstwa Zdrowia w Limie opowiadała nam o „cudownych uzdrowieniach" dokonujących się dzięki mace, szczegółowo opisanych w raportach placówek medycznych działających w ramach państwowego systemu ochrony zdrowia. Choć maca dopiero niedawno trafiła na listę podstawowych leków, przypadków takich jest coraz więcej. W tej chwili, w Peru, powszechnie podaje się ją młodzieży, żeby nabierała muskulatury, i osobom w podeszłym wieku, aby odzyskały siły witalne. Maca stała się także podstawowym lekiem w niedawno zainicjowanym programie walki z osteoporozą. **Jako jedyny znany środek na świecie nie tylko hamuje rozwój tej choroby, ale także pomaga organizmowi uzupełniać ubytki w tkance kostnej.**

Jacek Belczewski: Dobre efekty przynosi także podawanie maki wyniszczonym chorym na AIDS. Staje się to coraz powszechniejszą praktyką w klinikach amerykańskich. Maca zapobiega przyspieszonemu chudnięciu chorych i utracie masy mięśniowej. Dodaje pacjentom sił i powoduje, iż zaczyna się proces stopniowego zdrowienia.

Marek Prusakowski: W tych krajach, gdzie nie ma kłopotu z przeludnieniem – maca robi coraz większą karierę jako środek do walki z bezpłodnością. Kobietom, które straciły wszelką nadzieję na posiadanie potomstwa, maca – nieraz już po kilkutygodniowej, wcale niedrogiej kuracji – pomogła zajść w ciążę, a potem urodzić zdrowe dzieci!

ZASKAKUJĄCE KONKLUZJE

Notatnik reportera:

Niegdyś dawne Peru utożsamiano z koką – z nieustannym żuciem suszonych liści, które miały dodawać sił i sprawić, że nie czuło się głodu. Teraz, z coraz liczniejszych prac badawczych wynika, iż – być może – jeszcze ważniejsza niż koka była niegdyś maca. Bez maki – tak brzmi konkluzja tych badań – nie byłoby starożytnego Peru! Nie byłoby ogromnych, kolosalnych budowli z kamienia, do dziś budzących podziw architektów i archeologów!

Lekko żółtawy proszek, który odkryto w wielu ceramicznych naczyniach w grobowcach z czasów Inków to wcale nie kukurydziana mąka – jak dotąd przypuszczano – ale właśnie MACA! Tak – w makę wyposażano nawet zmarłych na drogę w inkaskie zaświaty! Dodawano ją też do jedzenia tym, którzy w nadludzkim wysiłku i z niespotykaną precyzją z cyklopich bloków budowali fortecę Sacsayhuaman[3] i pradawne Machu Picchu[4].

Alina Rewako: Jak wygląda i jedno, i drugie – Machu Picchu i twierdza Sacsayhuaman – już wkrótce mieliśmy przekonać się na własne oczy. Po Junin – zagłębiu uprawy maki, Cuzco stanowiło bowiem następny etap naszego peruwiańskiego „wtajemniczenia". I – choć po kilku tygodniach obcowania z Nowym Światem powinniśmy się już nieco zahartować – po dotarciu do inkaskiego Pępka Świata[5] znów byliśmy zdumieni.

Jacek Kaziński: Ta podróż tylko pozornie nie wiązała się z głównym celem naszej wyprawy. Nie chodziło w niej jednak o turystyczne atrakcje. Coraz bardziej fascynował nas duch tego kraju i coraz lepiej zdawaliśmy sobie sprawę, że jeśli nie poznamy go dogłębniej, nigdy nie uda się nam w pełni zrozumieć sekretu tutejszych roślin – pojąć istoty peruwiańskiej fitoterapii.

Jacek Belczewski: Andy okazały się nie mniej wspaniałe od peruwiańskiej dżungli. Urzekały nas zarówno szokującymi kształtami, jak i zróżnicowanym kolorytem. Moją uwagę zwróciła przede wszystkim zadziwiająca symbioza, w której z górami tymi potrafili współżyć ludzie. Jakby wtopieni i zrośnięci z górskim tłem, nie wyłamujący się z niego, lecz stanowiący jego niezbędną część, niezbywalny składnik.

----
[3] Sacsayhuaman – trójpoziomowa twierdza na przedpolach Cuzco, wzniesiona z gigantycznych bloków skalnych. Najprawdopodobniej pochodzi z czasów poprzedzających narodziny państwa Inków.
[4] Machu Picchu – ruiny inkaskiego miasta położonego w dolinie Urubamby, odkryte przez amerykańskiego archeologa Hirama Binghama w 1911 roku. Najlepiej zachowany kompleks miejski pochodzący z czasów Inków.
[5] Pępek Świata – druga nazwa stolicy państwa Inków – Cuzco.

29. Cuzco olśniewa

30. Machu Picchu skłania do refleksji: „Jak oni to zrobili?"

Alina Rewako: Podobnie było zresztą ze wspaniałymi budowlami, które skrywały w swym wnętrzu góry. Monumentalne konstrukcje stanowiły niemal naturalne ich przedłużenie. Jak bliski był organiczny związek architektury z sierrą pokazywało choćby to, że – mimo setek lat, jakie minęły od jej powstania – murów nie zdołało naruszyć żadne trzęsienie ziemi...

Marek Prusakowski: Na początku wcale nie podejrzewaliśmy, że między roślinami a dawną kulturą i architekturą Inków może istnieć jakieś powiązanie. Ale z każdym haustem rozrzedzonego andyjskiego powietrza i kolejnym widokiem, roztaczającym się przed naszymi oczami, stawało się to dla nas coraz bardziej oczywiste...

Z rozmowy z profesorem **Krzysztofem Makowskim** – polskim archeologiem od blisko dwudziestu lat wykładającym na Uniwersytecie Katolickim w Limie:

KRZYSZTOF MAKOWSKI: *Andyjskie imperium Inków powstało na potrójnym fundamencie. Po pierwsze – na ziemniakach, po drugie – na koce, po trzecie – na mace. Tak! – choć może się to wydać dziwne – ten fundament stanowiły rośliny! Istnieją już pierwsze poważne opracowania na ten temat.*

Agroarcheologia, czyli archeologia dawnych upraw, jest dziedziną nową, ale osobiście przepowiadam jej bardzo szybki rozwój. Zaskakujące ustalenia o znaczeniu maki w dawnym państwie Inków stanowią cenny precedens. Jednocześnie zapowiadają, co może nastąpić w przyszłości.

ROMAN WARSZEWSKI: *Czy zmieszaną z koką makę rzeczywiście podawano robotnikom na najważniejszych inkaskich budowach?*

KRZYSZTOF MAKOWSKI: *To nie spekulacje, lecz fakty. Dziś wiemy już ponad wszelką wątpliwość, że maca stanowiła stały składnik diety budowniczych kamiennych inkaskich konstrukcji. Wydaje się, że roślina ta potęgowała ich siły i zmniejszała podatność na choroby. Zresztą w niektórych miejscach, w sierze, oddaje się jej cześć boską – podobnie jak vilcacorze – aż do chwili obecnej...*

Zapiski z podróży:

Mieliśmy okazję naocznie się o tym przekonać i to już pierwszego dnia naszego pobytu w Cuzco, podczas zwiedzania dawnego centrum obrzędowego w Qenco. W tym przedziwnym skalnym lapidarium, gdzie oprócz podziemnych tuneli znajduje się m.in. wykuty w litym kamieniu posąg pumy, odnaleźliśmy kilka prastarych, bardzo zniszczonych ołtarzy. Ku naszemu wielkiemu zdumieniu na jednym z nich ujrzeliśmy suszone liście koki, dojrzałą kukurydzę i kwiaty - ŚWIEŻO ZŁOŻONE OFIARY!

Gdy zapytaliśmy przewodniczkę, czy to możliwe, żeby po dziś dzień ktoś czcił tu dawne bóstwa, bez zastanowienia przytaknęła.

„Ma to zapewnić dobre plony" – wyjaśniła.

„Czego?"

Chwilę zastanowiła się, a potem powiedziała:

„Na przykład kukurydzy. Albo maki".

Z rozmowy z profesorem Krzysztofem Makowskim:

ROMAN WARSZEWSKI: *Czy oprócz ziemniaków, koki, maki i oczywiście vilcacory są jeszcze jakieś inne rośliny, które mogą pomóc w zrozumieniu dawnej historii Peru?*

KRZYSZTOF MAKOWSKI: Ważne były zapewne także chanca piedra, wiñay-wayña i sangre de drago. Tą pierwszą arystokracja inkaska kurowała się z dolegliwości nerkowych, drugą stosowała w celach odmładzających, natomiast smoczą krwią – po którą wyprawiano się aż do dżungli – leczono rany odniesione na wojnie.

ROMAN WARSZEWSKI: *A jakieś inne ważne rośliny?*

KRZYSZTOF MAKOWSKI: Moim zdaniem najważniejsza była jednak andyjska manayupa. Inkowie z Cuzco stosowali ją jako codzienny napar. W świetle jej nieprzeciętnych właściwości terapeutycznych odkrywanych dziś na nowo, może to doprowadzić do interesujących wniosków na temat faktycznych przyczyn ponadprzeciętnej witalności inkaskiej szlachty, która w porównaniu z innymi grupami społecznymi Kraju Czterech Dziel-

nic[6] wyróżniała się nie tylko dobrym zdrowiem, ale i długowiecznością.

ROŚLINA, KTÓRA POPRAWIA HUMOR

Notatnik reportera:
Manayupa to w języku keczua nazwa rośliny „Desmodium adscendens" z rodziny „Fabacea". Inne jej nazwy to: Twardy Człowiek, Sękaty Patyk, Psia Łapa albo... Sucha Miłość. Manayupa to mała (licząca maksymalnie do pięćdziesięciu centymetrów wysokości) roślina o okrągłych liściach. Leczniczo stosuje się przede wszystkim jej suszone liście, ale w formie naparu można podawać – równie dobrze – gałązki i łodyżki.

Dzięki zawartym w niej saponinom, terpenom i chinolom wykazuje silne działanie przeciwhistaminowe, przeciwzapalne, rozkurczowe, rozszerzające oskrzela, moczopędne i oczyszczające. Inkowie uważali, że manayupa oprócz tego, że ogólnie wzmacnia... skutecznie poprawia humor!

Indianie z Montanii do dziś zalecają tę roślinę na trudno gojące się rany i choroby weneryczne. Jest ponoć także skuteczna jako środek antykoncepcyjny i potęguje działanie chininy w leczeniu malarii.

Obecnie – obok hercampuri, canchalagui i flor de arena – największą rolę odgrywa we wstępnej – oczyszczającej – kuracji antynowotworowej. Potwierdziły to badania prowadzone m.in. w Laboratoriach Merck w New Jersey, w Laboratorium Medycyny Eksperymentalnej w Montpellier oraz na Uniwersytecie Charlottetown w Kanadzie.

W przeszłości eksperymentowano z nią przede wszystkim w Coricanchy[7] w Cuzco, a uprawiano w okolicach Ollantaytambo oraz na tarasach w Machu Picchu.

Alina Rewako: Chociaż mniej więcej wiedzieliśmy, czego możemy się spodziewać, jednak gdy wiozące nas autobusy dojechały do Machu Picchu, wprost zaparło nam dech w piersiach.

----
[6] Kraj Czterech Dzielnic – państwo Inków.
[7] Coricancha – (keczua) główna Świątynia Słońca w Cuzco, na której ruinach wzniesiono kościół Santo Domingo.

Tego widoku naprawdę nie da się opisać! Mieliśmy przed sobą dzieło rąk ludzkich, które – choć wykonane przed stuleciami – do dziś zachwyca i uczy pokory wobec geniuszu jego twórców. Prastare miasto – idealnie wpasowane w nieckę pod szczytem – tworzyło przepiękny kamienny amfiteatr. Tarasy uprawne płynnie przechodziły w mury obronne, te natomiast łączyły się z zabudowaniami, które kiedyś były świątyniami, magazynami, warsztatami i domami mieszkalnymi. Wszystko w jedną harmonijną, niepowtarzalną całość spajały niekończące się schody: tysiące schodów – większych, mniejszych, prostych, krzywych; schodów bez końca, bez początku...

Marek Prusakowski: Gdy w 1911 roku do tego miejsca jako pierwszy dotarł amerykański archeolog Hiram Bingham, sądził, że ma przed sobą ostatnią stolicę inkaskiego imperium – legendarną Vilcabambę. Potem z dziesięciolecia na dziesięciolecie poglądy na temat przeznaczenia Machu Picchu zmieniały się zależnie od mody, jaka w danej chwili panowała na świecie. I tak – Machu Picchu najpierw obwołano miastem tzw. „Nustas del Sol" – Dziewic Słońca, inkaskich westalek składanych w ofierze górskim szczytom. Potem uznano za miejsce wypoczynku i rekreacji Inki Pachacutiego – najpotężniejszego inkaskiego władcy, za którego panowania Tawatinsuyu[8] przeżyło swój rozkwit i największą terytorialną ekspansję. W końcu pojawił się pogląd, że stanowiło ono ośrodek, gdzie zamieszkiwali „amautakuna" – inkascy mędrcy i lekarze – którzy w tym przepięknym uroczysku na stokach wąwozu Urubamby w izolacji i spokoju mieli rozwijać wiedzę medyczną i naukę...

Jacek Belczewski: Z kolei teraz mówi się, że Machu Picchu – miasto, w którym dzięki kątowi nachylenia zboczy występują aż trzydzieści trzy różne klimaty – było niegdyś olbrzymim tarasowym ogrodem, gdzie uprawiano wszystkie rośliny jadalne występujące w państwie Inków. W tym – oczywiście – także rośliny lecznicze, a przede wszystkim manaupę, rosnącą tu do dziś w stanie dzikim.

----
[8] Tawatinsuyu – (keczua) Kraj Czterech Dzielnic.

Jacek Kaziński: Jak było naprawdę, tego chyba nigdy się nie dowiemy. Machu Picchu już zawsze otaczać będzie nimb nieprzeniknionej tajemnicy. Jedno wszak jest pewne: poprzez harmonię z jaką splata się ze swoim otoczeniem – po wsze czasy pozostanie ono niedoścignionym architektonicznym ideałem...

Jacek Belczewski: Gdy patrzyłem na to kamienne gniazdo pośród gór, nagle przypomniały mi się słowa Jose Torresa z dżungli: że to co peruwiańskie, nigdy nie wzbudzi zaufania; zawsze będzie kwestionowane, będzie rodzić obiekcje, wątpliwości...

Marek Prusakowski: I zachciało nam się śmiać. Bo w Machu Picchu, jak na dłoni, ujrzeliśmy, że to nieprawda, że tak wcale nie jest!

Jacek Belczewski: Staliśmy i patrzyliśmy. Zauroczeni.

Marek Prusakowski: To – bez wątpienia – była kulminacja naszej podróży. Zostaliśmy „nawróceni"?

ROZDZIAŁ IV

IQUITOS – DŻUNGLA
PO RAZ DRUGI

NASZ „GURU"

Alina Rewako: W Limie, zaraz po powrocie z Cuzco, otrzymaliśmy bardzo dobrą wiadomość. Następnego dnia w Monterrico, w swym domu, znów oczekiwał nas doktor Felipe Mirez.

Marek Prusakowski: Jechaliśmy do niego z wielką radością. W pamięci mieliśmy poprzednie spotkanie – przejmujące i odkrywcze. Byliśmy pewni, że i tym razem dowiemy się czegoś bardzo ważnego.

Jacek Kaziński: Doktor Mirez powitał nas łagodnym uśmiechem i silnym uściskiem dłoni. Przyznał, że już od kilku dni czekał na nasze przybycie i cieszy się, iż znów nas widzi.

Jacek Belczewski: Mówił szczerze i bez czczej kurtuazji. Pomyślałem: „Pewnie nie tyle chodzi o nas, lecz w ogóle o spotkania z ludźmi, które bardzo lubi".

Alina Rewako: Ale był to dopiero wstęp. Po chwili usłyszeliśmy, że **w Peru powinniśmy czuć się już nie jak goście, lecz jak u siebie w domu.** Doktor Mirez powiedział to tak przekonująco i sugestywnie, że trudno było w jego słowa nie uwierzyć. Zmusił mnie wręcz do głębszej refleksji: **czy rzeczywiście tak jest, czy nie jest?**

Zapiski z podróży:
Ja też zastanawiałem się od pewnego czasu nad tym pytaniem i szczerze mówiąc, nie do końca potrafiłem na nie odpowie-

dzieć. Jednak sam fakt, iż się wahałem, oznaczał ogromną zmia-
nę, a właściwie przemianę. Kiedyś, na początku podróży, takie-
go pytania w ogóle bym sobie nie zadał.
Wtedy wszystko było obce, momentami wręcz straszne. Na-
tomiast to, do czego nas lekarzy próbowano przekonać – niezro-
zumiałe.
Teraz – po bez mała trzech tygodniach – sytuacja się odmie-
niła.
Ale na ile?
Na ile przyzwyczaiłem się do tego, co widzę?
Na ile uwierzyłem?
Nie, to nie mogła być jednak tylko kwestia wiary. Wierzyć
można przyjacielowi lub wierzyć można w Boga. W sprawie ro-
ślin leczniczych trzeba dysponować dowodami.
Ja już je miałem – to fakt. Co jednak zrobić, żeby do nich
przekonać innych?

Alina Rewako: Po raz kolejny okazało się, że doktor Mirez
znakomicie potrafi porządkować nasze myślenie o zawodzie lekarza. Dawał wskazówki i siał coś, co z pewnością zaowocuje
w naszej dalszej pracy. Były to proste i mądre prawdy o życiu
człowieka, o sensie istnienia i istocie leczenia. Czuliśmy, że z jego domu zawsze wychodzimy lepsi, bardziej dojrzali.

Marek Prusakowski: Najciekawsze było to, że w czasie
spotkań z doktorem Mirezem – inaczej niż w przypadku innych
rozmówców – wcale nie potrzebowałem tłumacza! Mówił tak jasno, tak klarownie, iż nagle wszystko stawało się zrozumiałe!
Dziś, gdy się nad tym zastanawiam, wiem, że nie chodziło o to,
jak – ale **co mówił w czasie tych spotkań.** A mówił rzeczy
oczywiste, lecz takie, o których często zapominamy.

Jacek Kaziński: Nie słowa miały największe znaczenie,
lecz fakty, których był niewyczerpaną kopalnią. Fakty tym cen-
niejsze, że zaczerpnięte z kilkunastoletniej praktyki lekarskiej
i udokumentowane setkami trudnych do wytłumaczenia wyle-
czeń.

ŻYĆ CZY UMIERAĆ?

Z wykładu doktora Felipe Mireza:
Vilcacora oddziałuje na nowotwory – co do tego nie ma wątpliwości. Istnieją jednak rośliny, które pod tym względem wcale jej nie ustępują. Smocza krew jest równie skuteczna i to często w takich przypadkach, w których vilcacora zawodzi. W leczeniu nowotworów najgroźniejszych, tak zwanych nisko zróżnicowanych, sangre de drago okazuje się najskuteczniejsza. Dzięki smoczej krwi mogłem pomóc wielu pacjentom, których stan nie rokował już wielkich nadziei. W licznych przypadkach choroby nowotworowej skuteczne okazują się także tahuari i palo de huaco. Preparaty z tych roślin – podobnie jak vilcacora – powoduje zmniejszanie sie masy guzów i nacieku okołonowotworowego. Często prowadzi to do zaniku guzów lub ich utwardzenia, a więc do takiego stadium, w którym stają się one mniej ekspansywne, mniej groźne. Wtedy pacjent musi nauczyć się żyć z tak uwstecznionym nowotworem. Musi zmienić tryb życia, a co najważniejsze – sposób odżywiania...

Z dyskusji po wykładzie:
JACEK BELCZEWSKI: *Jaką dietę zaleca pan pacjentom?*
FELIPE MIREZ: *Należy jeść dużo warzyw – zarówno gotowanych, jak i surowych. Przede wszystkim godne polecenia są: buraki, brokuły, brukselka, kapusta, kalafior, kukurydza, marchew, papryka, pietruszka, por, rzepa, seler, rośliny strączkowe – bób, czarna i czerwona fasola, a sezonowo: młode strączki słodkiego groszku, szpinak, szparagi oraz – co ważne – ciepłe potrawy z soi. Istotną pozycję w diecie stanowią owoce. Najbardziej wartościowe to jabłka, morele i śliwki – także suszone. Poza tym owoce cytrusowe, zwłaszcza grejpfruty, ananasy, banany, mango, kiwi, papaja, suszone daktyle i figi. Wskazany jest nabiał – praktycznie w każdej postaci, z tym że osobiście uważam, iż*

nie należy nadużywać mleka. Z mięs dopuszcza się jedynie chude ryby, cielęcinę i drób. Cukier trzeba całkiem wyeliminować i zastąpić miodem pszczelim, najlepiej spadziowym. Ponadto należy pić dużo soków owocowych i niegazowanej wody mineralnej.

JACEK KAZIŃSKI: Czy nie jest to dieta zbyt drastyczna?

FELIPE MIREZ: *Nie ma innego wyboru. Jej akceptacja lub odrzucenie często sprowadza się do odpowiedzi na pytanie – chcę czy nie chcę żyć? Mam zamiar żyć, czy umierać? Znaczenie diety – doprawdy – trudno przecenić. Podkreślają to dosłownie wszyscy – począwszy od curanderos, skończywszy na najbardziej światłych lekarzach. Jeśli pacjent odrzuci dietę, curanderos w ogóle nie chcą rozpoczynać kuracji, bo uważają, że ich wysiłki z góry skazane są na niepowodzenie. Ich zdaniem nikt nie wyzdrowieje, jeśli nie zdobędzie się na odrobinę psychicznego wysiłku. Dieta natomiast – oprócz tego, że wpływa na procesy chemiczne w organizmie – stymuluje taki wysiłek i powoduje coś w rodzaju katharsis. Jego skala nie odgrywa tu najważniejszej roli, liczy się fakt, że w ogóle następuje.*

JACEK KAZIŃSKI: Równie ważne, jak dieta, jest chyba oczyszczenie organizmu...

FELIPE MIREZ: *Kuracja oczyszczająca zwiększa szanse powodzenia kuracji przeciwnowotworowej. Bardzo skutecznie oczyszczają organizm: manayupa (chyba jedno z największych odkryć ojca Szeligi), hercampuri i flor de arena. Osobiście zalecam wysokim pacjentom – zamiast hercampuri – canchalaguę, która daje nadspodziewanie dobre rezultaty. Jeśli nie' mamy dostępu do manayupy, a niekiedy tak bywa na przednówku, zamiast niej możemy stosować copaibę – roślinę także obniżającą poziom cholesterolu.*

Kurację oczyszczającą powinno się jednak stosować przede wszystkim profilaktycznie. **Ktoś, kto powtarza ją dwa razy w roku, zmniejsza prawdopodobieństwo zapadnięcia na nowotwory o 80 procent!** *Tu tkwi największa szansa* onkologii – *w profilaktyce, nie w terapii. Profilaktyka jest jednak żmudna i mało spektakularna. Współczesny człowiek tego nie lubi. Woli chorować i dopiero wtedy się leczyć...*

ALINA REWAKO: *Czy można jednocześnie stosować rośliny oczyszczające organizm i preparaty roślinne zwalczające nowotwory?*

FELIPE MIREZ: *Gdy pacjent jest w ciężkim stanie i czas nagli – można. Wówczas w pierwszej połowie dnia podajemy rośliny oczyszczające, a w drugiej – przeciwnowotworowe.*

Przy okazji chciałbym wyjaśnić jeszcze jedną niezwykle ważną kwestię, wokół której narosło wiele nieporozumień. Z mojej praktyki klinicznej wynika, iż – inaczej niż zaleca np. ojciec Szeliga – można jednocześnie stosować smoczą krew i vilcacorę. W ten sposób wzmacnia się efekt terapeutyczny. Zjawisko to nazywa się synergizmem addytywnym, co – najkrócej mówiąc – oznacza, że łączne działanie wszystkich preparatów wzmacnia działanie każdego preparatu z osobna. Moim zdaniem jednoczesne podawanie vilcacory i sangre de drago daje bardzo dobre rezultaty. Uważam także, iż można aplikować znacznie większe dawki smoczej krwi niż zalecano to dotąd – nawet do 30–40 kropli dziennie.

Z wykładu doktora Felipe Mireza:
Nie wolno lekceważyć żadnego elementu kuracji przeciwnowotworowej. Chory musi ją stosować całościowo, a nie na wyrywki. Jeśli tylko jest to możliwe, warto przeprowadzić kurację oczyszczającą i właściwą kurację przeciwnowotworową. W ramach tej ostatniej należy podawać i vilcacorę, i smoczą krew, a nie tylko jedną z nich.

I cały czas trzeba przestrzegać diety. Jeszcze raz podkreślam: konsekwentnie przestrzegana dieta to – bez przesady! – połowa sukcesu! Bardzo istotna jest również profilaktyka, w ramach której można przyjmować zmniejszone do jednej trzeciej porcje vilcacory.

*Jeśli tak postąpimy, w bardzo krótkim czasie poprawimy
ogólny stan zdrowia. Bo vilcacora działa nie tylko przeciwnowo-
tworowo, ale naprawdę wszechstronnie – bardzo dobrze wpływa na skórę, na układ kostny, układ pokarmowy i układ odde-
chowy.*

*Nadto – zmniejsza skutki uboczne chemioterapii i radiotera-
pii. Stosowanie jej przed i po leczeniu onkologicznym powoduje całkowite zniesienie lub znaczne zmniejszenie takich objawów ubocznych, jak wymioty, leukopenia[1], wypadanie włosów
i podrażnienie błon śluzowych...*

Marek Prusakowski: Trzeba podkreślić, że doktor Mirez
uważa, iż fitoterapia nie powinna wykluczać stosowania medycyny konwencjonalnej, a guzy pierwotne zawsze należy usuwać
operacyjnie i dopiero potem – w celu uniknięcia nawrotu choroby – można podawać preparaty roślinne, jak np. vilcacorę czy
sangre de drago. **Łączenie fitoterapii i medycyny konwencjonalnej – jego zdaniem – daje najlepsze rezultaty. Nigdy takich nie osiągniemy, posługując się wyłącznie metodami medycyny konwencjonalnej lub
stosując samą fitoterapię.**

Alina Rewako: Uważa także, iż – jeśli lekarz zaleci – nie
wolno rezygnować z chemio- i radioterapii; raczej – stosując
preparaty amazońskie i andyjskie (głównie vilcacorę) – należy
dążyć do zmniejszenia ich efektów ubocznych. Ważne jest jednak to, o czym wspomniano nam już w Limie (co za zbieżność!):
żeby kurację fitoterapeutyczną zakończyć co najmniej trzy dni
przed początkiem chemio- bądź radioterapii, a wznowić w trzy
dni po zakończeniu którejś z nich. Wtedy osiąga się najlepsze
rezultaty, a niepożądane efekty uboczne metod konwencjonalnych są najmniejsze.

Jacek Belczewski: Ustalenia te są tym istotniejsze, że doktor Mirez – na zlecenie firm zagranicznych – brał udział w naj-
poważniejszych jak dotąd badaniach klinicznych pacjentów le-

---

[1] leukopenia – niska zawartość białych krwinek we krwi.

31. Iquitos. W IMET - Instytucie Medycyny Tradycyjnej...

32. ... byliśmy mile widzianymi gośćmi. (Pierwszy z lewej dr **Teodoro Cerruti**)

czonych vilcacorą. Ich wyniki są wręcz szokujące. **Po pierwsze** – dlatego że w porównaniu z innymi badaniami klinicznymi, które obejmowały maksymalnie kilkadziesiąt osób – w ich ramach przebadano aż 1300 pacjentów. **Po drugie** – dlatego iż badano tylko chorych w czwartym stadium choroby, a więc tych z nowotworami najbardziej zaawansowanymi! **Po trzecie** – ponieważ ich konkluzje były bardziej niż interesujące! **Pięcioletnie przeżycie – co w onkologii stanowi kryterium całkowitego wyleczenia – w tych badaniach udokumentowano średnio w 40 procentach przypadków chorych z rakiem szyjki macicy, rakiem żołądka, rakiem piersi, rakiem prostaty, rakiem jajnika i z białaczką. W Polsce pięcioletnie przeżycie pacjentów w czwartym stadium choroby nowotworowej leczonych metodami tradycyjnymi wynosi zaledwie ułamek procentu!**

Zapiski z podróży:
I tego właśnie poszukiwaliśmy! Faktów, których nikt nie mógł zakwestionować! Z tym co usłyszeliśmy, nie zawsze trzeba się do końca zgadzać, można polemizować, ale w żadnym wypadku... nie wolno tego ignorować.

Mirez nie był szamanem, natchnionym wizjonerem ani samoukiem. Nie należał też do medycznego marginesu ani do fitoterapeutycznego podziemia. Na ścianie jego gabinetu wisiało pięćdziesiąt sześć (policzyłem!) dyplomów wypisanych w sześciu różnych językach. Każdy przypadek, o którym wspominał w czasie wykładu, w jego archiwum, zajmującym jeden osobny pokój, był bardzo skrupulatnie udokumentowany.

Nie wiem, czy możemy powiedzieć, że Peru przekonało nas do siebie. Nie jestem pewien, czy Europejczyk kiedykolwiek w pełni poczuje się tu jak u siebie w domu. U Mireza – na patio, w ogrodzie, w gabinecie – byliśmy jednak u siebie.

Nic nas nie dzieliło.
Łączyło bardzo wiele.

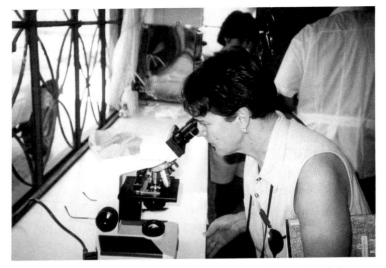

33. Instytut Medycyny Tradycyjnej w Iquitos. O wszystkim można było przekonać się na własne oczy

34. Dzięki eksperymentom na zwierzętach potwierdzono tu między innymi antyzapalne i antyrakowe działanie vilcacory

„Właściwie możemy już wracać do Polski" – powiedziałem pół żartem, pół serio na odchodnym.

„Dlaczego?" – zdziwił się gospodarz.

„Bo pan, chyba jako pierwszy, w pełni nas przekonał".

„I dostarczył dowodów – dodała Ala – które do innych też muszą przemówić".

WYKAFELKOWANE ULICE I DOM Z ŻELAZA

Jacek Kaziński: Doktor Mirez bardzo precyzyjnie wskazał nam, dokąd powinniśmy się jeszcze udać. „Do Iquitos po prostu musicie polecieć – powiedział. – Tamtejszy IMET – Instituto de Medicina Tradicional – to placówka, bez której peruwiańskiej fitoterapii w ogóle by nie było".

Marek Prusakowski: To oznaczać mogło tylko jedno – znów upał, egzotyka i... dżungla! Pięknie! Wspaniale! Żyć nie umierać! Następnego dnia, z samego rana, ponownie znaleźliśmy się na limeńskim lotnisku Jorge Chavez.

Alina Rewako: W Iquitos czekał na nas **Moises Vienna** – niedościgniony znawca roślin leczniczych, prawdziwy człowiek dżungli. Nosił kapelusz o szerokim rondzie, naszyjnik z zębów piranii, na rękach miał kilka tatuaży i ani na chwilę nie rozstawał się z „Klarą" – swoją maczetą.

Notatnik reportera:

Maczeta to długi, kilkudziesięciocentymetrowy nóż, bez którego nie można przeżyć w dżungli nawet dnia. Jej ostrze musi być błyszczące i dobrze wypolerowane, a rękojeść taka, by ręka się nie ślizgała.

Inaczej maczeta jest do niczego i można ją wyrzucić.

W dżungli służy do wszystkiego. Toruje się nią drogę w gąszczu, ścina pnie i gałęzie, broni przed atakiem pumy lub – gdy akurat zachodzi taka potrzeba – obcina łeb anakondzie.

Otwiera się nią owoce (np. kokosy), buduje chatę. Można się

nią też posłużyć jak brzytwą i ogolić, choć... wcale nie jest to takie proste...

Człowiek władający maczetą to „maczetero". Im częściej używa maczety, tym robi to z większą wprawą i gracją. Maczeta i maczetero z czasem się zrastają – tworząc jedność. (Inkowie podobnie myśleli o hiszpańskich konkwistadorach siedzących na koniach).

W jednym z opowiadań Jorge Luisa Borgesa – słynnego pisarza argentyńskiego – maczetero umarł zaraz po tym, jak pękła mu maczeta, której nikt nie potrafił naprawić.

Jacek Belczewski: W porównaniu z Pucallpą, Iquitos było bardziej wielkomiejskie. Motoriksze także dodawały mu indyjskiego kolorytu, ale przynajmniej w centrum trafiały się asfaltowe odcinki ulic. Naszą uwagę od razu przykuły wykafelkowane fasady wielu domów. „To tutejszy patent, który bardzo dobrze sprawdza się w okresie pory deszczowej – wyjaśnił Moises Vienna. – Kiedy przez kilka godzin potrafi padać bez przerwy".

Marek Prusakowski: Moim zdaniem nie było w tym jednak zbyt wielkiej logiki. Bo w centralnym punkcie miasta, na Plaza de Armas, wznosił się budynek w całości wykonany z żelaza. Był to tzw. Dom Eiffla – gmach rzeczywiście zbudowany przez słynnego konstruktora z Paryża. „A co z rdzą w porze deszczowej?" – musiałem wprost zapytać.

Alina Rewako: „Ten dom jest pamiątką po okresie kauczukowej gorączki, gdy na soku drzewa hevea ludzie zbijali tu jeszcze większe fortuny niż na złocie – tłumaczył przewodnik. – Niektórzy nie wiedzieli wtedy, co robić z pieniędzmi i dlatego poprzewracało im się w głowach".

FAKTY, PRZEDE WSZYSTKIM FAKTY

Z notatek do artykułu:
Hevea to dobry przykład. Jest rośliną, która zrewolucjonizowała świat – bez niej nie byłoby opon, a więc i współczesnej mo-

toryzacji. Czy podobny los czeka lecznicze rośliny andyjskie i amazońskie? Czy staną się przyczyną równie wielkiego przewrotu w medycynie i w farmacji?

Istnieje już pewien precedens. Myślę o chininie. Malaria przez długie lata dziesiątkowała najpierw konkwistadorów, potem Kreolów. Skutecznym antidotum na tę śmiertelną chorobę okazała się kora (tak! – również kora!) drzewa wskazanego Hiszpanom przez potomków Inków. W sto lat później Linneusz – na cześć żony wicekróla Peru, hrabiny Chinchon, pierwszej arystokratki wyleczonej z malarii – zbawienne drzewo nazwał chinowcem. Wkrótce potem jezuici z Amazonii (jeszcze jedna analogia z vilcacorą?) zaczęli eksploatować tę cudowną roślinę. Chinina – bo tak nazwano otrzymywane z niej lekarstwo – do dziś z powodzeniem konkuruje z lekami syntetycznymi przeciw malarii i w wielu przypadkach okazuje się bardziej skuteczna.

Marek Prusakowski: W Instituto de Medicina Tradicional już na nas czekano. „Z amazońskimi preparatami stanie się wkrótce to, co kiedyś z korą chinowca" – od progu przekonywał szef tej placówki, doktor **Ricardo Noriega**. W IMET bada się rośliny zupełnie nieznane nawet wśród najbardziej doświadczonych curanderos. Jest to instytut państwowy, finansowany przez Ministerstwo Zdrowia, gdzie prowadzone są badania podstawowe, czyli takie, których wyniki niekoniecznie natychmiast muszą znaleźć zastosowanie praktyczne.

Jacek Kaziński: Zwykle zaczynają się one od wyprawy do dżungli, gdzie pracownicy instytutu poznają nowe, nieznane rośliny stosowane leczniczo przez Indian Yagua i Tikuna. Na miejscu sporządza się dokumentację roślin używanych przez ich szamanów na różne dolegliwości i obserwuje efekty lecznicze. Następnie wybrane rośliny zostają kwalifikowane do analiz i do laboratoriów IMET w Iquitos przywozi się ich sadzonki i nasiona.

Alina Rewako: Specjaliści hodują je w ogrodzie botanicznym przylegającym do instytutu i zbierają materiał genetyczny. Gdy rośliny są już na tyle duże, iż można pobierać z nich próbki – wykonując elektroforezę roztworów wodnych i różnych związków organicznych – określają ich skład biochemiczny, co pozwala wyodrębnić wszystkie specyficzne dla danej rośliny związki aktywne.

Jacek Belczewski: Następnie podawane są one zwierzętom laboratoryjnym, najczęściej białym szczurom. W ten sposób sprawdza się ich oddziaływanie na rozmaite, sztucznie wywoływane, zakażenia. Wyniki tych badań publikowane są w raportach rozsyłanych do placówek naukowych na całym świecie. To właśnie w IMET w sposób bezdyskusyjny potwierdzono antymutacyjne, antyutleniające i antywirusowe działanie vilcacory. Stwierdzono też, iż „Uncaria tomentosa" skutecznie hamuje rozwój białaczki.

Z wykładu dr. **Teodoro Cerrutiego** z Instytutu Medycyny Tradycyjnej w Iquitos:

Już w 1993 roku udało nam się w IMET, w Iquitos, wyodrębnić z vilcacory takie alkaloidy jak: izopteropodynę (A1), pteropodynę (A2), izomitrafilinę (A3), unkarynę (A4), mitrafilinę (A5) i speciofilinę (A6). Ich działaniu poddano kolonie białaczki HL-60 i U-937.

W testach kolometrycznych z udziałem agaru, hamujące działanie alkaloidów wyodrębnionych z vilcacory na kolonie komórek białaczki było wyraźne i mierzalne. W eksperymencie zastosowano różne koncentracje alkaloidów, a ich działanie utrzymywało się aż do siódmego dnia po zakończeniu doświadczenia.

Ponadto, przy pomocy analizy kolometrycznej i spektrofotometrycznej, ocenie poddano zdolność przetrwania komórek chorobowych i liczbę kolonii komórek HL-60 i U-937.

Otrzymaliśmy następujące rezultaty:

Stwierdziliśmy, że alkaloidy A1, A2, A3, A4 i A6 posiadają silne działanie inhibicyjne (czyli powstrzymujące) wzrost komórek białaczki z linii HL-60 i U-937. Okazało się ono wprost proporcjonalne do dawki alkaloidów podanych w czasie eksperymentu.

*Najbardziej skuteczna w tym względzie jest unkaryna F (A4).
W jej przypadku osiągnięto wartość IC-50, oznaczającą, iż substancja ta oddziaływała aż na 50 procent komórek białaczki, co* **w praktyce klinicznej równoznaczne jest z początkiem cofania się choroby.** *Unkaryna F działała wybiórczo i potrafiła rozróżnić komórki chore od zdrowych, dzięki czemu nie hamowała rozwoju zdrowych komórek wytwarzanych w szpiku kostnym.*

Podsumowując, można stwierdzić, iż **pochodząca z vilcacory unkaryna F, może być uznana za silny lek skuteczny na białaczkę.**

Notatnik reportera:

Wchodzące w skład vilcacory alkaloidy typu oxindole po wprowadzeniu do krwiobiegu silnie wzmagają fagocytozę, co potęguje mechanizmy samoobronne organizmu. Pod ich wpływem monocyty i granulocyty przejmują funkcję makrofagów – komórek atakujących wirusy i bakterie. Zaobserwowano, że po tygodniu przyjmowania wywaru z vilcacory aktywność monocytów wzrasta o około 50 procent. Zwiększa się też odporność erytrocytów na uszkodzenia. W praktyce oznacza to, że w chorobie następuje przesilenie i organizm zaczyna zdrowieć.

W IMET potwierdzono też w badaniach prowadzonych na zwierzętach, że „Uncaria tomentosa" zwiększa zdolność reakcji układu odpornościowego na pojawienie się komórek rakowych. Przeprowadzone tam eksperymenty wskazują na szczególną skuteczność vilcacory w zwalczaniu nowotworów piersi, prostaty, płuc i żołądka.

Bardzo dobre rezultaty osiągnięto w hamowaniu rozwoju wirusów HIV „in vitro". Stanowiło to zachętę do podjęcia prób na ochotnikach. Rezultaty były bardziej niż obiecujące. Po kilkutygodniowym podawaniu wywaru z vilcacory poziom wirusa HTLV spadł u chorych tak znacznie, że stał się trudno wykrywalny i nastąpił wzrost liczby limfocytów CD4. Świadczyło to o przywracaniu zaburzonej chorobą funkcji układu immunologicznego.

Z dyskusji po wykładzie doktora Teodoro Cerrutiego:

JACEK BELCZEWSKI: *Badania prowadzone w Instytucie Medycyny Naturalnej zdają się kwestionować niektóre pewniki współczesnej medycyny...*

TEODORO CERRUTI: Które z nich?

JACEK BELCZEWSKI: *Te, dotyczące chorób dotychczas uważanych za nieuleczalne... Sugerujecie, jak mi się wydaje, że w zasadzie wszystko, lub prawie wszystko, można już wyleczyć...*

TEODORO CERRUTI: *Mamy rzcczywiścic bardzo interesujące wyniki w badaniach prowadzonych na zwierzętach. Problem polega jednak na tym, że nie każda choroba, którą potrafimy leczyć u szczurów, w równym stopniu – przy zastosowaniu zbliżonych metod – daje się leczyć u ludzi.*

MAREK PRUSAKOWSKI: *O leczeniu których chorób wiemy najwięcej?*

TEODORO CERRUTI: *Paradoksalnie wydaje się, że najwięcej wiemy o leczeniu nowotworów, natomiast nieco mniej potrafimy powiedzieć na temat choroby wrzodowej i zmian reumatycznych. Sporo dowiedzieliśmy się też o leczeniu cukrzycy. Myślę, że niedługo również łuszczyca odsłoni przed nami swoje tajemnice.*

MAREK PRUSAKOWSKI: *Cukrzyca uchodzi za chorobę nieuleczalną...*

TEODORO CERRUTI: *Dzięki badaniom prowadzonym w IMET, a także dzięki coraz powszechniejszym w tej chwili eksperymentom klinicznym, cukrzycę potrafimy już leczyć bardzo skutecznie. Zaczynaliśmy od tego, że u królików, u których sztucznie wywoływaliśmy tę chorobę, przy pomocy preparatów z pasuchaki i cuti-cuti kontrolowaliśmy poziom cukru we krwi. Z czasem, podając te dwie rośliny, nauczyliśmy się doprowadzać dobowy wykres krzywej cukrowej u szczurów do postaci nieomal idealnej. Dziś to samo lekarze potrafią robić u ludzi. Dzięki cuti-cuti i pasuchace wielu pacjentów mogło zapomnieć, czym jest insulina.*

Notatki do artykułu:
Pasuchaca nie tylko obniża poziom cukru w surowicy, ale prowadzi do regeneracji zniszczonej trzustki. Początkowo należy przyjmować ją łącznie z insuliną, ale kontrolując poziom cukru we krwi – po dwóch, trzech miesiącach – dość precyzyjnie można określić moment, kiedy trzustka podejmuje pracę.

Pasuchakę, w formie naparów, można stosować w szerokim zakresie – od stanów lekkich, początkowych, po stany ciężkie. Nawet wtedy istnieje szansa, że pod jej wpływem wysepki trzustkowe ożyją. Za działanie hypoglikemizujące odpowiadają zawarte w niej flawonidy, saponiny, taniny, glikozydy, olejki eteryczne i karotenoidy. W kuracjach często łączy się ją z cuti-cuti i abutą – ze znakomitymi rezultatami.

Z dyskusji po wykładzie doktora Teodoro Cerrutiego:

JACEK KAZIŃSKI: *Z badaniami których roślin amazońskimi wiąże pan największe nadzieje?*

TEODORO CERRUTI: *Na pewno z badaniami laboratoryjnymi i eksperymentami klinicznymi dokonywanymi ze smoczą krwią (sangre de drago). Gęsty, czerwony sok tego amazońskiego drzewa, wypływający po nacięciu kory, zawiera przeszło dwadzieścia cennych substancji o dużej biologicznej aktywności. Do tej pory najlepiej z nich poznaliśmy dwa alkaloidy – taspinę i dwumetylocedrozynę. Alkaloidy te, jak również inne związki chemiczne z grupy terpenów, karotenów, polifenoli, tanin i proantycyjanidów, odpowiadają za właściwości przeciwutleniające (antyoksydacyjne), antyseptyczne (przeciwwirusowe i przeciwbakteryjne), przeciwzapalne oraz przeciwnowotworowe smoczej krwi. Dotychczas najlepiej poznane są substancje ułatwiające gojenie się ran, wywołujące zwiększoną aktywność fibroblastów, czyli komórek wytwarzających tkankę łączną oraz przyspieszające procesy odnowy nabłonka płaskiego, pokrywającego skórę i błony śluzowe.*

MAREK PRUSAKOWSKI: *Wynikają z tego dość oczywiste wskazania do zastosowania smoczej krwi...*

35. Curandero okadza dymem nogę ukąszonego przez węża shusupe

36. Dzieci wychowywane w selwie uśmiechają się częściej niż ich rówieśnicy z miasta...

ALEJANDRO CERRUTI: *Są nimi: choroba wrzodowa żołądka i dwunastnicy, choroby przebiegające z uszkodzeniem skóry (różne zapalenia, grzybice, niegojące się owrzodzenia, choroby dziąseł). Dobre efekty lecznicze uzyskuje się także w dermatozach (chorobach skóry). Ze względu na duży potencjał antyoksydacyjny, czyli wymiatający wolne rodniki (związki wywołujące i podtrzymujące transformację nowotworowych zdrowych komórek) smoczą krew stosuje się jako jeden z głównych składników kuracji przeciwnowotworowych. Myślę, że z czasem zakres jej działania okaże się jeszcze szerszy, niż w tej chwili przypuszczamy.*

„SELVA WELCOME TO!"

Alina Rewako: Smocza krew. Było to pierwsze drzewo, które samodzielnie udało mi się rozpoznać w dżungli, kiedy po dwóch dniach spędzonych w IMET w Iquitos, Amazonką popłynęliśmy do obozowiska, które na wysokim brzegu, w selwie przygotował dla nas Moises Vienna. Roślina ta osiąga około 20–30 metrów wysokości, posiada niezbyt szeroki, gładki kremowo-szary pień oraz duże liście o sercowatym kształcie. Moises użył swej nieodzownej maczety – dwa, trzy razy uderzył nią w pień i z wąskiej rysy, jaka pojawiła się na korze, kropla po kropli zaczęły ściekać gęste, czerwonawe łzy.

Jacek Belczewski: „Sok trzeba zbierać z rana, najpóźniej przed południem – wyjaśnił nasz maczetero. – Wtedy ma największą moc. Wtedy najlepiej działa i leczy".

Jacek Kaziński: Selwa jak zwykle wyglądała wspaniale! Powitała nas słońcem, przyjemną, łaskoczącą w gardle wilgocią, nawoływaniem baraszkujących w koronach drzew wyjców i trzepotem skrzydeł przeszłopółmetrowych ar. Było w tym naprawdę coś urzekającego: jeszcze nie dalej niż wczoraj pochylaliśmy się nad mikroskopem w laboratorium IMET, a już następnego dnia znaleźliśmy się w sercu Wielkiego, Największego Lasu Świata!

Tak blisko – a jednak daleko! Dwa całkiem różne światy – a tak naprawdę Jeden Jedyny Świat!

Marek Prusakowski: Znów zamieszkaliśmy w chacie na palach, między którymi pozawieszano hamaki przykrywane na noc moskitierą. Kuchnia znajdowała się w sąsiednim, bliźniaczym, tylko trochę mniejszym „budynku". Było tak samo jak w Shapsico pod Pucallpą, ale... lepiej! Bo tym razem nic nas już nie dziwiło, nic nie mogło nas zaskoczyć.

Jacek Belczewski: Tak nam się przynajmniej wydawało, lecz – po raz kolejny w czasie tej podróży – już niebawem mieliśmy się przekonać, jak bardzo się myliliśmy.

TEN STRASZNY SHUSUPE

Notatnik reportera:

... bo nagle, gdzieś za „kuchnią" podniósł się straszny krzyk. „Shusupe! Shusupe! – usłyszałem. – Shusupe! Arnaldo został ukąszony!"

W jednej chwili oprzytomniałem. Shusupe to nazwa jednego z najbardziej jadowitych węży w Amazonii! Natomiast Arnaldo – pomocnik Moisesa – razem z nami przypłynął motorówką z Iquitos!

Zeskoczyłem z chaty na ziemię i czym prędzej popędziłem w kierunku kuchni. Z selwy dwóch Metysów prowadziło pod ręce poszarzałego na twarzy Arnaldo. Chłopak kuśtykał na jednej nodze. Na tej drugiej, lekko uniesionej nad ziemią, na wysokości kostki było widać niewielką, podwójną lekko krwawiącą rankę.

„Aha – pomyślałem – to ślady po zębach jadowych".

Indianie opowiadają legendy o shusupe – o jego złośliwości. Podobno, jak się na kogoś uweźmie, tropi go jak pies, aż go wreszcie dopadnie. Jedyna szansa to rzucić za siebie kapelusz. Wtedy shusupe, w całej swojej wściekłości, zaatakuje nakrycie głowy. Arnaldo jednak nie używał kapelusza...

Alina Rewako: Natychmiast sprowadzono curandero, mieszkającego po drugiej stronie Amazonki. Tak się złożyło, że był to krewny Arnaldo. Przywiózł go Moises, który dwoił się i troił, żeby pomóc przyjacielowi.

Jacek Belczewski: A on naprawdę wyglądał coraz gorzej. Jad w błyskawicznym tempie rozchodził się w nodze. Chłopak całkiem pobladł, z ust zaczęła wypływać mu piana. Tętno wzrosło do stu dwudziestu. Trzeba było go cucić, bo co chwilę tracił przytomność. Od śmierci dzieliły go najdalej kwadranse.

Marek Prusakowski: Curandero od razu zabrał się do pracy. Wiedział, co się stało, więc przywiózł z sobą butelkę z jakimś płynem. Przyłożył ją do ust ukąszonego i polecił pić małymi łykami. Ten, jak tylko poczuł znajomy zapach, od razu się uspokoił.

Jacek Kaziński: Okazało się bowiem, że taki wypadek zdarzył się Arnaldo nie po raz pierwszy. Już szósty raz ratowano go po ukąszeniu węża! Wiedział więc, że curanderos znają niezawodne metody; że – gdy tylko u jego wezgłowia pojawił się jego krewniak – w zasadzie jest już uratowany.

Alina Rewako: Curandero na przemian poił go jakimś płynem i okadzał pokąsaną nogę dymem ze sporządzonego na poczekaniu ziołowego skręta. Co dziwne, zauważyliśmy, że to drugie przynosi choremu widoczną ulgę. Curandero intonował przy tym cichą pieśń – „icaro". Jej melodia dodawała sił umierającemu.

Marek Prusakowski: Arnaldo najpierw miał silne dreszcze, a mięśnie nogi boleśnie się napięły. Potem bezwładnie osunął się na posłanie i stracił przytomność. Odzyskał ją dopiero po trzech godzinach. Obudził się – choć trudno w to uwierzyć – z uśmiechem.

Z rozmowy z curandero po zakończeniu „leczenia":

ALINA REWAKO: *Czy takie sytuacje zdarzają się w selwie często?*

CURANDERO: *Tak, często. Nieraz nawet dwa razy dziennie.*

118

MAREK PRUSAKOWSKI: *Nigdy się pan nie spóźnia?*

CURANDERO: *Zawsze bardzo się spieszę, ale przecież nie wszystko zależy tylko ode mnie...*

JACEK BELCZEWSKI: *Ma pan jakiś stały zestaw ziół, wywarów?*

CURANDERO: *Tak, to stare, niezawodne sposoby.*

JACEK KAZIŃSKI: *Używa pan ojé, tahuari, chuchuhuasi?*

CURANDERO: *Tak – także vilcacory.*

JACEK KAZIŃSKI: *A co byście zrobili, gdyby nie istniały takie rośliny?*

CURANDERO: *Nie wiem. Ale dobrze, że są. Bez nich chyba nie moglibyśmy żyć. Na szczęście bóg dał nam vilcacorę.*

Alina Rewako: „Zaraz, zaraz... skąd ja to znam?" – nagle zaczęłam sobie coś przypominać.

Jacek Kaziński: Dla mnie to też zabrzmiało swojsko...

Jacek Belczewski: Tak, ależ tak, oczywiście...

Alina Rewako: Już po chwili wiedzieliśmy. Orunia... Gdańsk... Ojciec Szeliga... Nieprzebrane tłumy... Kiedy to było? W czerwcu... Teraz mieliśmy wrzesień... A więc bardzo, bardzo dawno temu...

Marek Prusakowski: Jak wiele zdarzyło się od tamtej pory! W ilu miejscach byliśmy! Ile się zmieniło!

WICHURA NAD NAMI...

Zapiski z podróży:

W nocy rozpętało się istne piekło. Najpierw wydawało nam się, że to tylko trochę silniejszy wiatr, który być może omiecie nas swoim skrzydłem, po godzinie jednak nie mieliśmy najmniejszych złudzeń: przetoczy się po nas powietrzny walec, który...

Właśnie – który co?

Nie wiedzieliśmy. Nie mieliśmy zielonego pojęcia (choć byliśmy w dżungli!). Co najgorsze, odnieśliśmy wrażenie, że Moises też niekoniecznie orientuje się, co nas czeka. Nerwowo krążył między naszą „sypialnią" a „kuchnią" i sprawdzał, na ile mocne są pale, na których wspierały się obie chaty. Co wynikało z tych oględzin, trudno było powiedzieć... Pewnie nic dobrego, bo chodził i chodził...

Po godzinie, gdy nad horyzontem za zakrętem Amazonki fiolet, a następnie czerń nocy raz po raz zaczęły rozdzierać ogniste zygzaki błyskawic, nadciągającą wichurę czuło się już wszędzie. Wiatr, omiatający najpierw tylko korony kilkudziesięciometrowych drzew, stopniowo docierał na samo dno wielkiego lasu i pod jego naporem obie chaty na palach zaczęły jęczeć we wszystkich spojeniach...

Alina Rewako: Wtedy poczułam strach. Nie po raz pierwszy w czasie tej wyprawy, ale na pewno najmocniej. Nie musiałam zbytnio wysilać wyobraźni, żeby odgadnąć, co może się zdarzyć. Wystarczyło przecież, by któreś z tych przepotężnych drzew, wznoszących się nad naszymi głowami, nie wytrzymało gigantycznego naporu mas powietrza...

Co wtedy?

Zapiski z podróży:
Po chwili wiatr już nie tyle szumiał, co wył. I to tak mocno, że jego zawodzenie zagłuszało wszechobecne przed chwilą odgłosy przerażonych zwierząt. Jedyne co nam pozostało, zawinąć się w pled i... czekać.
Co się stanie?
Co?
Czy drewniana zabudowa i dach z liści palmowych wytrzyma, czy też podpory, na których wznosiła się chata, zaczną strzelać jak zapałki?

Czy wiatr porwie nas ze sobą, czy zrezygnuje w ostatniej chwili?
Zlituje się?
Oszczędzi?

Jacek Kaziński: Doprawdy było to wspaniałe uczucie – w najbliższej bliskości dotykać całym sobą pędzącego powietrznego żywiołu. Przez moment wydawało mi się, że mam do pleców przypiętą jakąś superlekką lotnię i ona unosi mnie wyżej, wyżej, jeszcze wyżej...
Byłem pewny tylko jednego: że lecę, pozostawiając za sobą wszystko, co miałem i co kiedyś było. Szybowałem... Przez głowę przebiegła mi myśl:
„To fascynujące! Ciekawe dokąd dolecę?"

Zapiski z podróży:
Nad głowami zaczęły trzaskać łamiące się gałęzie. Co kilka sekund przez wietrzny łoskot dochodził jeszcze głośniejszy huk – to gdzieś w pobliżu pękał pień wielkiego drzewa.
W którą stronę spadnie?
Dokąd porwie go wiatr?
Wprost na nasz dach?
Obok?

Marek Prusakowski: Żarty się skończyły! Byłem tego bardziej niż pewien. Zacząłem się nawet poważnie zastanawiać, czy mamy jakąkolwiek szansę, żeby w ogóle ujść z życiem...
Wokół wszystko waliło się i łamało. Wiatrowi opierał się tylko nasz „dom" i „kuchnia". I wtedy... ni stąd ni zowąd zachciało mi się śmiać...
Tak, ŚMIAĆ!
Mimo grozy sytuacji...!

... HURAGAN W NAS

Zapiski z podróży:
Nagle stało się dla mnie jasne, że nic nam nie grozi, że spokojnie – bujani wiatrem w hamaku – możemy sobie spać i odpoczywać...
Bo ten huragan, ten wiatr, w nas już był! Już wszystko poprzestawiał, powywracał! Teraz to samo musi się jeszcze dokonać zupełnie gdzie indziej.
Taka czcza formalność!

ZAKOŃCZENIE

Alina Rewako: Następnego dnia – tak jak przypuszczał Marek – od rana świeciło słońce. Dżungla wokół nas bardziej przypominała pobojowisko niż las, ale nasze dwie chaty na palach szczęśliwym trafem wyszły obronną ręką z nocnego kataklizmu.

Jacek Belczewski: Mimo sięgającego do kostek błota wybraliśmy się do wioski Cabo Pantoja, znajdującej się w pobliżu naszego obozowiska. Chcieliśmy sprawdzić, czy wichura nie wyrządziła jakiejś poważnej szkody. „Kto wie – myśleliśmy – może ktoś potrzebuje pomocy".

Jacek Kaziński: Ale jej udzielenie nie było konieczne. Wioska pozostała nienaruszona. Ażurowa konstrukcja domostw nie dała wiatrowi większych szans. To była następna lekcja – która z kolei? Nie chodzi o to, że Metysi i Indianie zamieszkujący w selwie nie potrafili inaczej budować. Ale niby po co mieliby to robić? Te chaty-szkielety przykryte czupryną z suchych liści kryją w sobie setki, a może nawet tysiące lat doświadczeń. To ta sama część dziedzictwa, do którego należy leczenie ukąszonych przez węża wywarem z tahuari i vilcacory.

Alina Rewako: W wiosce naszą uwagę zwrócił budynek, w którym mieściło się coś w rodzaju miejscowego ośrodka zdrowia. Zamknięty był na cztery spusty i tylko duży, wypisany koślawymi literami cennik informował, że np. przyjęcie porodu kosztuje 20 soli – nieco ponad pięć dolarów. Powiedziano nam, że lekarz zagląda tu dwa razy w miesiącu, natomiast między jego wizytami przyjmuje curandero. Spotkaliśmy go zresztą, gdy wracaliśmy do siebie. Szedł z grupą Indian Yagua, którzy niespodziewanie wyłonili się z gąszczu. Pod pachą nieśli całe naręcza jakichś roślin. „To rośliny lecznicze – powiedział Moises. – Poznaję po zapachu. Wielu z nich jednak nie znam. Może to zioła, z których istnienia do tej pory w ogóle nie zdajemy sobie sprawy"?

Marek Prusakowski: Kilka dni później znów znaleźliśmy się w Limie. To co poprzednio, po powrocie z Pucallpy, dopiero nieśmiało w nas kiełkowało, tym razem odczuliśmy już bardzo wyraźnie. Przylot do Limy był dla nas **powrotem do cywilizacji!** Stanowiło to najlepszy dowód przemiany, która w ciągu ostatnich pięciu tygodni w każdym z nas się dokonała!

Jacek Kaziński: Nasz pobyt w Peru powoli dobiegał końca. Wręczono nam już wszystkie certyfikaty, zaświadczające fakt ukończenia trzech kursów z zakresu fitoterapii amazońskiej i andyjskiej. Zakupiliśmy też komplet literatury, gdzie znaleźliśmy wyniki wszystkich badań, które ostatnio prowadzono w tej dziedzinie. Wymieniliśmy adresy prywatne, służbowe i internetowe z naszymi nowymi przyjaciółmi z uniwersytetów San Marcos i La Molina, z laboratoriów Induquimica i Code Plam oraz z etnobotanicznych parków Shapsico i Challachaqui. Jednak zanim znów wsiedliśmy do olbrzymiego MD-10 linii KLM, który w ciągu kilkunastu godzin miał nas przerzucić ponad Atlantykiem, jakby na próbę – odbyliśmy lot awionetką.

Tym razem celem naszej dwudniowej podróży był słynny płaskowyż Nazca.

WY, JAKO LEKARZE...

Z ankiety wypełnionej dla Centrum Medycyny Andyjskiej w Londynie.
Pytanie: **Co dał wam pobyt w Peru?**

37. Ośrodek zdrowia w wiosce Cabo Pantoja w sercu amazońskiej dżungli. Lekarz przypływa tu dwa razy w miesiącu. Gdy jest nieobecny, zastępują go curanderos

38. Dmuchawka jest nadal najpopularniejszą bronią w selwie

ALINA REWAKO: *Myślę, że Nazca to najlepsze miejsce do tego rodzaju refleksji – do wypełnienia formularzy, które otrzymaliśmy z Londynu jeszcze przed odlotem z Polski...*

Jacek Kaziński: Tu winni jesteśmy kilka słów wyjaśnienia. Cała nasza czwórka wyjechała do Peru z inicjatywy londyńskiego Andean Medicine Centre – placówki, której założenie było realizacją najbardziej skrytych marzeń faktycznego odkrywcy vilcacory – ojca Edmunda Szeligi. Bowiem ojciec Szeliga zawsze bardzo chciał, by rośliny andyjskie i amazońskie w jakiś sposób wreszcie zaczęły trafiać do Polski. Powołanie do życia przed około rokiem Centrum Medycyny Andyjskiej zbliżało dorobek jego życia do ojczyzny. Jednocześnie stało się szansą na spełnienie nadziei tysięcy osób w Polsce, które po przeczytaniu książki „Vilcacora leczy raka" w desperacki sposób zaczęły poszukiwać dróg zaopatrzenia w dobroczynne rośliny z Andów i Amazonii, jakim ten sędziwy salezjanin poświęcił swe pracowite życie...

ALINA REWAKO: *Nazca jest miejscowością oddaloną o przeszło 400 kilometrów od Limy, gdzie znajdują się słynne rysunki naziemne widoczne dopiero ze znacznej wysokości, z lotu ptaka. Przedstawiają figury geometryczne, spirale, wizerunki ludzi i zwierząt i po dziś dzień w zasadzie nie wiadomo, kiedy powstały, w jaki sposób – wreszcie – czemu tak naprawdę miały służyć. To jedna z największych zagadek starożytnego Peru, kolejny – ósmy, dziewiąty? – cud świata; najbardziej namacalny dowód na to, iż rozum i wyobraźnia ludzi, którzy od tysiącleci zamieszkiwali ten kontynent, sięgały w trochę inne regiony niż wyobraźnia żyjących współcześnie z nimi Europejczyków...*

Jacek Kaziński: W czasie wizyty ojca Szeligi w Polsce w czerwcu 1999 roku wielokrotnie w rozmowach z nim powracała sprawa rozwoju Centrum Medycyny Andyjskiej. Ojciec wiązał z tą placówką niemałe nadzieje – wiem o tym najlepiej, po-

39. Gdy wracaliśmy z dżungli, nagle z gąszczu wyłonili się Indianie Yagua

nieważ towarzyszyłem mu w czasie wszystkich spotkań z czytelnikami książki „Vilcacora leczy raka". W obliczu ogromnego zainteresowania jego metodami leczniczymi oraz wobec nawału korespondencji, która nagle zaczęła napływać z Polski do Limy, rozbudowa AMC stała się wymogiem chwili. IPIFA – instytut, założony przed laty w Limie przez ojca Szeligę, pozostającego po dziś dzień jego honorowym prezydentem – nie był bowiem w stanie podołać zadaniu, które nagle przed nim się pojawiło. Z uwagi na odległość, dzielącą instytut od Polski, jak i z powodu niewielkich rozmiarów, nie potrafił wyjść naprzeciw tym nadziejom, rozbudzonym pojawieniem się w Polsce książki o ojcu Szelidze...

ALINA REWAKO: *Moje rozumowanie poszło więc następującym torem: jeśli dawni Peruwiańczycy zajmowali się tworzeniem tak przedziwnych rysunków jak te z Nazca, jeśli budowali tak imponujące miasta jak Machu Picchu, to nie można przecież wykluczyć, iż na innych polach osiągali podobne sukcesy. Dlaczego jednej z tych dziedzin nie miałaby stanowić medycyna? Dlaczego jednym z tych pól nie miałoby być praktyczne zastosowanie roślin, których istnienia w Europie nikt nie podejrzewał?*

Jacek Kaziński: Najgorsze było jednak to, iż IPIFA, mimo wielokrotnych deklaracji, nie był w stanie dostarczyć amazońskich i andyjskich roślin w takim asortymencie i w takiej ilości, jakich od Centrum Medycyny Andyjskiej w Londynie oczekiwali zwracający się doń pacjenci. AMC – chcąc nie chcąc – musiało zacząć żyć własnym, w pełni samodzielnym życiem, poszukać innych dostawców roślin leczniczych niż IPIFA i – nawiązując na własną rękę najróżniejsze kontakty – coraz lepiej poznawać południowoamerykański świat fitoterapii.

Nie było to proste. Inne wyjście jednak nie istniało. Chorzy prosili, czekali, niecierpliwili się... Ja natomiast coraz bardziej

40. To jeszcze nie odlot do Polski. Za moment wzniesiemy się nad tajemniczy płaskowyż Nazca

41. Kolejne „zdjęcie rodzinne". Tym razem w laboratorium Induquimica w Limie

uświadamiałem sobie, że – może nie wszystkim – ale wielu z nich rzeczywiście można pomóc: dokumentacja na temat skuteczności vilcacory, którą zacząłem odnajdywać w Internecie i w wielu zagranicznych publikacjach, jasno dowodziła, że mamy do czynienia z faktami, a nie ze złudzeniem, z jakąś fatamorganą...

ALINA REWAKO: *Słowem – podróż do Peru nauczyła mnie przede wszystkim pokory i podziwu wobec wiedzy wielu prostych ludzi, o których istnieniu do tej pory nie miałam pojęcia. Nie boję się do tego przyznać. Tak bowiem było. To niezwykle cenne doświadczenie, które bardzo mnie zmieniło. Mam nadzieję, że dzięki niemu – dzięki przywiezionej wiedzy, a przede wszystkim dzięki gotowości do jej dalszego przyswajania – swoim pacjentom będę mogła teraz dużo lepiej pomagać niż dotychczas.*

Jacek Kaziński: Wtedy też pojawił się pomysł naszego wyjazdu do Peru. Centrum Medycyny Andyjskiej w Londynie – w sposób zaskakujący dla jego twórców – w ciągu kilku miesięcy przekształciło się bowiem nie tylko w ośrodek dystrybucji rośli z Andów i Amazonii, ale także – a może przede wszystkim!? – w placówkę informującą o istnieniu skutecznej fitoterapii południowoamerykańskiej.

Propozycja była następująca: jeśli macie pięć tygodni czasu i jeśli nie brak wam odwagi, pojedźcie w podróż śladami vilcacory. Do niczego was nie zobowiązujemy. Nadal pozostajecie wolnymi ludźmi. Interesuje nas tylko jedno – **jak wy, jako lekarze, postrzegacie fitoterapię peruwiańską, o której w czasie spotkań w Polsce z czytelnikami książki „Vilcacora leczy raka" opowiadał ojciec Szeliga?** Jak wy to widzicie? Jedyne czego od was oczekujemy, to dokładnego sprawozdania i opowiedzenia o swoich wrażeniach. Sumiennego wypełnienia naszej wielostronicowej ankiety...

42. Właśnie odbywa się pakowanie ekstraktu z vilcacory dla Centrum Medycyny Andyjskiej w Londynie

43. Przygotowywanie kapsułek z hercampuri w laboratorium CodePlam w Limie

ALINA REWAKO: *Cieszę się. Nawet bardzo się cieszę. Bo wiem już, że wielu pacjentów znajdzie teraz lek na swoją chorobę. Nasze peruwiańskie spotkania z byłymi (podkreślam) pacjentami, którzy opowiadali nam swoje często wręcz nieprawdopodobne historie, w wielu wypadkach nie pozwalają mieć co do tego najmniejszych wątpliwości.*

Jacek Kaziński: Nie można było zrezygnować z takiej szansy. Kto by powiedział „nie", ten chyba nie miałby duszy... Wzięliśmy urlopy, odebraliśmy formularze ankiet, spakowaliśmy walizki, spotkaliśmy się na dworcu i... via Amsterdam i Arubę, polecieliśmy na drugą półkulę...

Inne pytanie z ankiety: **Jakie medyczne wnioski wypływają z tej podróży?**

JACEK BELCZEWSKI: *Jest ich bardzo dużo. Po pierwsze – przekonaliśmy się na własne oczy, że vilcacora i wiele innych niezwykle cennych roślin działa bardzo skutecznie. Ważne, że są to środki naturalne, które lecząc, nie niszczą organizmu i nie powodują żadnych skutków ubocznych!*

Po drugie – zapoznaliśmy się ze światowymi opracowaniami, dowodzącymi, że zagadki andyjskich i amazońskich preparatów stanowią przedmiot zainteresowania wielu poważnych instytucji, a nawet państw. Przodują tu Stany Zjednoczone, Niemcy, Włochy, Szwajcaria, Austria. W czołówce znajduje się również Rosja.

Po trzecie – przekonaliśmy się, że wiedza o roślinach leczniczych jest dziedziną rozwijającą się obecnie niezwykle dynamicznie. Nie warto tracić energii, żeby temu zaprzeczać. Lepiej pieniądze i czas poświęcić na nadążanie za tym rozwojem. Korzyści odniosą wówczas wszyscy – a głównie pacjenci.

Jacek Kaziński: Peruwiańskie doświadczenia zbieraliśmy w laboratoriach, działających pod patronatem tamtejszego Ministerstwa Zdrowia, i w kilku innych podobnych placówkach prywatnych. Cel jednych i drugich był zawsze ten sam – dokładne, precyzyjne przebadanie roślin leczniczych, rozpoznanie ich oddziaływania na ludzki organizm. Zapoznaliśmy się z pracami etnobotaników, etnochemików i etnofarmakologów. Poznaliśmy profesorów, którzy przez całe życie studiowali tylko i wyłącznie „plantas medicinales". Odkryliśmy cały, nowy świat, zaczynający się od nacinania maczetą pnia drzewa sangre de drago w okolicach Iquitos, a kończący się na sterylnych, wysoce skomputeryzowanych wnętrzach supernowoczesnego laboratorium Induquimica w Limie, gdzie produkuje się standaryzowane kapsułki i ekstrakty przeznaczone m.in. dla Centrum Medycyny Andyjskiej w Londynie.

Inne pytanie: **Co w ciągu tych pięciu tygodni stanowiło największe zaskoczenie?**

MAREK PRUSAKOWSKI: *To, że choć wyjeżdżałem do Peru jako niedowiarek, wróciłem stamtąd w pełni przekonany, że lecznicze rośliny z Andów i znad Amazonki to nie żaden cud.* **One istnieją naprawdę! Ich terapeutyczne właściwości są niezaprzeczalnym faktem naukowym.**

Coraz większe grono lekarzy na całym świecie dostrzega ich przydatność i wprowadza do swojej codziennej praktyki. Jest to tym łatwiejsze i bardziej obiecujące, że podawanie roślin leczniczych nie wyklucza jednoczesnego stosowania konwencjonalnych metod leczenia, a wręcz przeciwnie. Preparaty roślinne można stosować jako cenne wzbogacenie i dopełnienie innych typów terapii i w ten sposób zwielokrotnić ich skuteczność.

Jacek Kaziński: Okazało się, że fitoterapia w coraz mniejszym stopniu jest domeną amatorów i samouków, a w coraz większym zakresie staje się dziedziną naukowców, menedżerów i lekarzy! Na tym tle IPIFA prezentował się nadzwyczaj skromnie. Co najwyżej jako jedna z wielu placówek i to wcale nie najbardziej sprawna i najlepiej wyposażona. Ojciec Szeliga niewątpliwie był pionierem. Teraz jednak inni – nieco odmiennymi ścieżkami niż on zwykł chadzać – dotarli już znacznie dalej. Wyżej. Gmach, którego fundamenty z takim pietyzmem kładł przez wiele lat, dziś ma już co najmniej kilkanaście pięter.

JACEK BELCZEWSKI: *Dla mnie największym zaskoczeniem było to, że vilcacora nie jest wyjątkiem, lecz częścią większej, wręcz ogromnej całości. Oprócz niej istnieje bowiem cała armia roślinnych pomocników. Achiote – doskonałe w profilaktyce i leczeniu gruczolaka prostaty; asmachilca – wskazana we wszystkich odmianach astmy oraz w nieżytach dróg oddechowych; caigua – wybitnie obniżająca poziom cholesterolu; chuchuhuasi skuteczne na wszelkie dolegliwości stawów i kości; chanca piedra – zdolna do rozpuszczania kamieni nerkowych; cuti-cuti – preparat zwalczający w ciągu kilkunastu tygodni cukrzycę; flor de arena – pomagający organizmowi pozbyć się nadmiaru szkodliwych substancji; i hercampuri, chroniące komórki wątroby...*

Jacek Kaziński: Jakby tego było mało, sama nazwa vilcacora powoli obrasta w coraz to nowe znaczenia, skojarzenia, konotacje. Dziś można ją już uznać nie tylko za pojedynczą roślinę o rewelacyjnym działaniu, lecz za synonim coraz szerszego zjawiska, w którym mieści się i dieta, i odpowiedni tryb życia, i ekologia; zjawiska, które – być może – w przyszłości zaowocuje całkiem nową filozofią leczenia...

TERAZ PACJENCI

Jacek Belczewski: Z Ameryki Południowej wróciliśmy z poczuciem naprawdę dobrze spełnionego obowiązku. Formularze ankiet, które otrzymaliśmy z Londynu do wypełnienia, niespodziewanie okazały się zbyt szczupłe...

Marek Prusakowski: Stąd ta relacja, opowieść. A właściwie protokoły. Ważne były bowiem nie opisy, lecz fakty. To, co nie ulega wątpliwości, czego nie można podważyć.

Jacek Kaziński: Zaryzykowaliśmy – zdrowiem i reputacją. Jestem bardziej niż pewny, że było warto. Kto nie wierzy – przekona się już wkrótce.

Alina Rewako: Następną książkę napiszą nasi pacjenci.

W książce mówią:

Jacek Belczewski, 34 lata, internista. Praktyka lekarska w Szpitalu Miejskim w Gdańsku Zaspie i w Pogotowiu Ratunkowym. Obecnie pracuje w Centrum Medycyny Andyjskiej w Londynie. Zainteresowania: żeglarstwo, płetwonurkowanie.

Jacek Kaziński, 35 lat, lekarz ogólny, specjalista w dziedzinie akupunktury. Praktyka lekarska na wydziale wewnętrznym Szpitala Miejskiego w Gdyni. Obecnie pracuje w Centrum Medycyny Andyjskiej w Londynie. Zainteresowania: paralotniarstwo.

Alina Rewako, 45 lat, lekarz podstawowej opieki zdrowotnej. Praktyka lekarska w AMG i Gdańskim Centrum Zdrowia. Zainteresowania: film i dalekie podróże.

Marek Prusakowski, 47 lat, internista, specjalista chorób zakaźnych. Praktyka lekarska w szpitalu Wojewódzkim w Gdańsku i w Szpitalu Zakaźnym przy AMG. Zainteresowania: literatura, kabaret, stały felieton muzyczny w Radiu Gdańsk.

na stronach 137-142

Certyfikaty uzyskane przez lekarzy: Alinę Rewako, Jacka Belczewskiego, Jacka Kazińskiego, Marka Prusakowskiego na kursach fitoterapii andyjskiej i amazońskiej organizowanych przez Instytut Medycyny Naturalnej w Iguitos, laboratoriach Pebani Inversiones S.A. i Induquimica w Limie

IMET
INSTITUTO DE LA MEDICINA
TRADICIONAL

Certificado

Otorgado por IMET - Instituto de la Medicina Tradicional

al Sr. Dr. _____ *Jacek Kazinski* _____

por la participación en el Curso de FITOTERAPIA
AMAZONICA, realizado los días 07 - 12 de Setiembre
de 1999 en la Ciudad de Iquitos.

Iquitos, Setiembre 1999

_____ *Teodoro Cerruttis F.*
Ingeniero Agrónomo

Jorge Villacres V.
Biólogo

EsSalud
MAS SALUD PARA MAS PERUANOS

IMET
INSTITUTO DE LA MEDICINA
TRADICIONAL

Certificado

Otorgado por IMET - Instituto de la Medicina Tradicional

al Sr. Dr. _____ *Marek Prusakowski* _____

por la participación en el Curso de FITOTERAPIA
AMAZONICA, realizado los días 07 - 12 de Setiembre
de 1999 en la Ciudad de Iquitos.

Iquitos, Setiembre 1999

_____ *Teodoro Cerruttis F.*
Ingeniero Agrónomo

Jorge Villacres V.
Biólogo

PEBANI INVERSIONES S.A.

Certifica que:

Alicja Kewaxo

Ha participado en el curso sobre **"IDENTIFICACION Y USO DE PLANTAS MEDICINALES PERUANAS"** dictado por: Doctores en Medicina Humana, Médico Veterinario, Naturistas, Químicos-Farmacéuticos, Químicos, e Ingenieros Forestales de la Pontificia Universidad Católica del Perú, Universidad Nacional Mayor de San Marcos, Universidad de Lima, EsSalud (Seguro Social), Asociación Regional de Médicos Naturistas de Ucayali y la Empresa Privada.

Curso dictado en Lima, Pucallpa y Junín del 24 de Agosto al 03 de Setiembre de 1999

Lima, 03 de Setiembre de 1999

CESAR A. BARRIGA RUIZ
Ing. Forestal CIP 50725
Coordinador del Curso
Docente - Universidad de Lima

PEBANI INVERSIONES S.A.

Certifica que:

Jacek Belczewski

Ha participado en el curso sobre **"IDENTIFICACION Y USO DE PLANTAS MEDICINALES PERUANAS"** dictado por: Doctores en Medicina Humana, Médico Veterinario, Naturistas, Químicos-Farmacéuticos, Químicos, e Ingenieros Forestales de la Pontificia Universidad Católica del Perú, Universidad Nacional Mayor de San Marcos, Universidad de Lima, EsSalud (Seguro Social), Asociación Regional de Médicos Naturistas de Ucayali y la Empresa Privada.

Curso dictado en Lima, Pucallpa y Junín del 24 de Agosto al 03 de Setiembre de 1999

Lima, 03 de Setiembre de 1999

CESAR A. BARRIGA RUIZ
Ing. Forestal CIP 50725
Coordinador del Curso
Docente - Universidad de Lima

PEBANI INVERSIONES S.A.

Certifica que:

Jacek Kazinski

Ha participado en el curso sobre **"IDENTIFICACION Y USO DE PLANTAS MEDICINALES PERUANAS"** *dictado por: Doctores en Medicina Humana, Médico Veterinario, Naturistas, Químicos-Farmacéuticos, Químicos, e Ingenieros Forestales de la Pontificia Universidad Católica del Perú, Universidad Nacional Mayor de San Marcos, Universidad de Lima, EsSalud (Seguro Social), Asociación Regional de Médicos Naturistas de Ucayali y la Empresa Privada.*

Curso dictado en Lima, Pucallpa y Junín del 24 de Agosto al 03 de Setiembre de 1999

Lima, 03 de Setiembre de 1999

CESAR A. BARRIGA RUIZ
Ing. Forestal CIP 50725
Coordinador del Curso
Docente - Universidad de Lima

PEBANI INVERSIONES S.A.

Certifica que:

Marek Prusakowski

Ha participado en el curso sobre **"IDENTIFICACION Y USO DE PLANTAS MEDICINALES PERUANAS"** *dictado por: Doctores en Medicina Humana, Médico Veterinario, Naturistas, Químicos-Farmacéuticos, Químicos, e Ingenieros Forestales de la Pontificia Universidad Católica del Perú, Universidad Nacional Mayor de San Marcos, Universidad de Lima, EsSalud (Seguro Social), Asociación Regional de Médicos Naturistas de Ucayali y la Empresa Privada.*

Curso dictado en Lima, Pucallpa y Junín del 24 de Agosto al 03 de Setiembre de 1999

Lima, 03 de Setiembre de 1999

CESAR A. BARRIGA RUIZ
Ing. Forestal CIP 50725
Coordinador del Curso
Docente - Universidad de Lima

ASOCIACIÓN PERUANA DE FITOFARMACIA

CERTIFICADO

OTORGADO A:

Alina Lubowska Rewako

POR SU PARTICIPACIÓN EN EL CURSO:

DROGAS VEGETALES Y FITOFÁRMACOS DEL PERÚ

Realizado: del 13 al 17 de Setiembre de 1999
Habiendo completado satisfactoriamente un total de 40 horas lectivas.

Lima 22 de Setiembre de 1999
Perú

Dr. Miguel Reyes
Presidente

Dra. Elena L. Pereyra
Secretaria

ASOCIACIÓN PERUANA DE FITOFARMACIA

CERTIFICADO

OTORGADO A:

Jacek Belczewski

POR SU PARTICIPACIÓN EN EL CURSO:

DROGAS VEGETALES Y FITOFÁRMACOS DEL PERÚ

Realizado: del 13 al 17 de Setiembre de 1999
Habiendo completado satisfactoriamente un total de 40 horas lectivas.

Lima 22 de Setiembre de 1999
Perú

Dr. Miguel Reyes
Presidente

Dra. Elena L. Pereyra
Secretaria

ASOCIACIÓN PERUANA DE FITOFARMACIA

CERTIFICADO

OTORGADO A:

Jacek Kazinski

POR SU PARTICIPACIÓN EN EL CURSO:

DROGAS VEGETALES Y FITOFÁRMACOS DEL PERÚ

Realizado: del 13 al 17 de Setiembre de 1999

Habiendo completado satisfactoriamente un total de 40 horas lectivas.

Lima 22 de Setiembre de 1999
Perú

Dr. Miguel Reyes
Presidente

Dra. Elena Li Pereyra
Secretaria

ASOCIACIÓN PERUANA DE FITOFARMACIA

CERTIFICADO

OTORGADO A:

Marek Prusakowski

POR SU PARTICIPACIÓN EN EL CURSO:

DROGAS VEGETALES Y FITOFÁRMACOS DEL PERÚ

Realizado: del 13 al 17 de Setiembre de 1999

Habiendo completado satisfactoriamente un total de 40 horas lectivas.

Lima 22 de Setiembre de 1999
Perú

Dr. Miguel Reyes
Presidente

Dra. Elena Li Pereyra
Secretaria

Notka o autorze

Roman Warszewski urodził się w 1959 r. Mając kilkanaście lat, zainteresował się paleografią i prowadził badania porównawcze nad pismem rongo-rongo z Wyspy Wielkanocnej i systemami zapisu graficznego starożytnego Peru. Studiował handel zagraniczny na Uniwersytecie Gdańskim, następnie prawo i integrację europejską na Uniwersytecie Saarlandzkim w Niemczech oraz w Instytucie Europejskim we Florencji, gdzie uzyskał stopień doktora. Był pracownikiem naukowym Uniwersytetu Gdańskiego, specjalizującym się w zagadnieniach integracji europejskiej. Pierwsze kroki jako dziennikarz i reporter stawiał na łamach „Studenta", „Czasu", publikował także w „Polityce", „Przeglądzie Powszechnym", „Odrze", „Radarze" i „Literaturze". Zna kilka języków obcych, w tym narzecze keczua z sierry Ekwadoru, Peru i Boliwii. Był stypendystą German Marshall Fund oraz Komisji Wspólnot Europejskich. Jest autorem książek reportażowych „Pokażcie mi brzuch terrorystki" (Nagroda Młodych miesięcznika „Literatura"), „Inicjacja" (Nagroda Funduszu Literatury oraz Nagroda im. Wyspiańskiego), a także zbioru opowiadań „Pajęczyna". Pracował w redakcjach „Dziennika Bałtyckiego", „Głosu Wybrzeża" i „Ilustrowanego Kuriera Polskiego". Stale współpracuje z miesięcznikiem „Nieznany Świat", pod którego patronatem w 1998 roku zorganizował wyprawę na płaskowyż Marcahuasi w Peru. Za cykl reportaży z tej wyprawy otrzymał nagrodę ufundowaną przez ambasadę Peru w Polsce. W 1999 roku wraz z Grzegorzem Rybińskim opublikował książkę pod tytułem „Vilcacora leczy raka", której kontynuacją jest niniejsza pozycja. Był współrealizatorem filmu „Życie dla życia" poświęconego działalności salezjanina - ojca Edmunda Szeligi.

CENTRUM MEDYCYNY ANDYJSKIEJ
I ZALECANE KURACJE

DZIĘKUJĘ, ŻE ISTNIEJECIE!

Telefony nie przestają dzwonić nawet w nocy. Na szczęście podłączone są automatyczne sekretarki i faksy - elektronika bardzo wspiera zatrudniony tu personel. Ważne, by wieczorem sprawdzić, czy założony jest odpowiedni zapas papieru do faksu, a rano przesłuchać ponagrywane taśmy sekretarek. Bo źle by było, gdyby przeoczyć choćby jeden telefon, jedno pytanie, jeden napisany gdzieś na drugim końcu świata list. Wszak ludzie, którzy dzwonią, faksują, piszą, zwykle szukają tu swojej ostatniej szansy. I piszą, dzwonią, pytają z tym większą nadzieją w sercu: przecież słyszeli, wiedzą, czytali, że placówka ta i zatrudnieni w niej lekarze wielu ludziom zdołali już pomóc. Także tym, którym nie dawano już żadnych szans... Czy ci ludzie, od samego rana krzątający się tu w białych kitlach, im także zdołają pomóc?

To **Centrum Medycyny Andyjskiej** (Andean Medicine Centre) w Londynie - placówka, która była inicjatorem wyjazdu czwórki gdańskich lekarzy do Peru. Jest ona w tej chwili bez wątpienia jednym z najbardziej dynamicznie rozwijających się ośrodków leczniczych w Europie. Centrum to może pochwalić się znaczącymi sukcesami terapeutycznymi w leczeniu **cukrzycy II typu, łuszczycy, dolegliwości reumatoidalnych, artretyzmu, osteoporozy, choroby wrzodowej żołądka i dwunastnicy, a także innych, w tym zwłaszcza nowotworów**. Dla wielu stanowi ono ostatnią deskę ratunku.

„Siostra ma guza na nerce z przerzutem na płuca - czytamy w jednym z listów, nadesłanym do Londynu z Sosnowca. - Jest w domu. **Odkąd bierze wasze leki, stan jej zdrowia jest dużo lepszy. Wyniki się poprawiły - zaczęła jeść** i chodzić. **Lekarze dziwią się, bo nie ma już boleści i duszności, a stan jej uległ poprawie.** Miała żyć dwa tygodnie..."[1]

„28 sierpnia 1999 chora po raz pierwszy przyjęła vilcacorę - trzy razy dziennie po dwie kapsułki - czytamy w korespondencji skierowanej do AMC ze Szczecinka. - Brała je 30 dni. Potem - od 27 września zaczęła zażywać smoczą krew. W dniach 17, 18 i 19 września podano jej drugą dawkę chemioterapii. Przedtem, 13 września zrobiono **zdjęcie płuc, na którym widać, że nowotwór, który poprzednio miał rozmiary pomarańczy, zmniejszył się o 70 procent.** [...] Przesyłam wyrazy wdzięczności..."

„Składam gorące podziękowania - pisze żona chorego z Wielunia. - Mój mąż przyjmuje vilcacorę i manayupę od 11 sierpnia tego roku. **Stan jego zdrowia ulega poprawie. Wierzę, że będzie uratowany**".

Inny list: „Mój przyjaciel pisał do Was w sprawie swojego teścia, który był chory na nowotwór mózgu. **Obecnie żyje on jak każdy normalny człowiek, a dawano mu po operacji trzy tygodnie życia. Wiem, że do jego wyzdrowienia przyczyniło się regularne zażywanie vilcacory, którą otrzymał dzięki Waszej uprzejmości.** Dlatego i ja chciałbym ponownie zakupić ten preparat dla mojej córki cierpiącej na rozsiany guz mózgu (*Glioblastoma multiforme*). Bierze vilcacorę i mimo że niedowład czterokończynowy jeszcze się utrzymuje, to jej **stosowanie pozwala na poprawę ogólnego stanu zdrowia.** [...] Na obecnym etapie kuracji otrzymuje sangre de drago..."

„Vilcacora zdziałała cuda - pisze z Gdyni jeszcze do niedawna zrozpaczony syn. - Po braniu zestawu ziół przez mamę, nastąpiła duża poprawa. Lekarze stwierdzili marskość wątroby. Wyniki były bardzo złe. **Po zażywaniu przez miesiąc zestawu ziół [...] ku zdziwieniu lekarzy nastąpiła duża poprawa.** Zwracam się z prośbą o dalsze leczenie mojej mamy. Dołączam ostatnie wyniki badań, które mama zrobiła. Jestem

----

[1] Korespondencja z archiwum AMC. Nazwiska, imiona i adresy nadawców znane wydawcy. Wyróżnienia w tekście pochodzą od autora.

Centrum Medycyny Andyjskiej w Londynie: telefony dzwonią tu praktycznie bez przerwy

Dla wielu pacjentów AMC jest ostatnią nadzieją, ostatnią deską ratunku

bardzo wdzięczny, gdyż jest duża nadzieja na to, że mama będzie zdrowa. [...] Dziękuję wszystkim lekarzom, pracownikom Instytutu za tak wielkie poświęcenie, jakie wkładają w niesienie pomocy drugiemu człowiekowi..."

„Chciałam z całego serca podziękować za lek, który otrzymałam i za dobre serce - pisze chora z Raciborza. - Jeszcze do niedawna nie miałam żadnej nadziei, że może mi coś pomóc w mojej ciężkiej chorobie. Teraz **odzyskałam chęć do życia.** [...] Do podziękowania dołączają się moje dzieci, które zaczęły spokojniej żyć, odkąd mam ten cudowny lek..."

„Dziękuję Wam, że istniejecie i niesiecie nadzieję tym, którzy ją utracili!" - pisze Polka mieszkająca w Szwecji, lecząca preparatami z AMC swoją chorą matkę z Choszczna.

To tylko nieliczne przykłady. Listów, faksów i telegramów o podobnej treści do Centrum Medycyny Andyjskiej wpływają codziennie dziesiątki, a bywa, że setki. Ale to nie wszystko. Niewyczerpaną kopalnię informacji stanowią notatki, które dzień w dzień sporządzają lekarze.

„Rozmawiałem dziś telefonicznie z pacjentką [...] z Białegostoku. [...] Była w bardzo złym stanie ogólnym, bez perspektywy na wyleczenie. Podjęła kurację naszymi preparatami i w niedługim czasie nastąpiła znaczna, zauważalna poprawa, potwierdzona badaniami laboratoryjnymi. Jest to jeden z tych przypadków, które sam określam jako niewiarygodne"!

Inny przykład: „Pacjentka z guzem płuca po zakończeniu leczenia konwencjonalnego. Ostatnio poddawana była radioterapii. Po jej zakończeniu stan chorej był bardzo ciężki, po naświetlaniu wystąpiły wszystkie możliwe powikłania. Kontrola radiologiczna wykazała obecność guza. Możliwości leczenia konwencjonalnego zostały wyczerpane. Zastosowano preparaty AMC. Uzyskano szybką poprawę stanu ogólnego, a radiogram klatki piersiowej nie wykazał obecności guza".

PLACÓWKA, JAKIEJ NIE BYŁO

W ciągu kilkunastu miesięcy Centrum Medycyny Andyjskiej w Londynie z niewielkiego „pomostowego" ośrodka zbierającego zamówienia na preparaty roślinne z Andów i z Amazonii, przekształciło się w samodzielne centrum promocji fitoterapii południowoamerykańskiej, informujące o ogromnych, a dotąd praktycznie nieznanych możliwościach leczniczych i profilaktycznych roślin pochodzących głównie z Peru. AMC zmieniło się w placówkę, jakiej jeszcze nie było.

Choć dystrybucja preparatów roślinnych nadal stanowi istotny element działalności Andean Medicine Centre, jest w tej chwili tylko jedną z wielu funkcji, spełnianych przez tę unikatową placówkę.

Grupa lekarzy zatrudnionych w AMC, a przeszkolonych w Peru - na **Uniwersytecie La Molina** w Limie, w **Instytucie Medycyny Tradycyjnej** (placówce peruwiańskiego Ministerstwa Zdrowia) w Iquitos oraz w takich laboratoriach, jak **Induquimica**, czy **Pebani Inversiones S.A.** - z dużym powodzeniem stosuje w praktyce klinicznej fitoterapię andyjską i amazońską, której fundamenty przez wiele lat tworzył salezjanin - ojciec Edmund Szeliga. Na podstawie dokumentacji medycznej - otrzymanej faksem lub listownie oraz rozmów telefonicznych z pacjentami - ordynują oni odpowiednie kuracje lecznicze. Opracowano je we współpracy z czołowymi specjalistami peruwiańskimi w dziedzinie fitoterapii. **Wszystkie konsultacje z lekarzami AMC są bezpłatne**.

Do pracy zaprzęgnięto najnowocześniejszą technikę, co przyspiesza i ułatwia obsługę klientów. Była to absolutna konieczność, ponieważ liczba pacjentów AMC sięga w tej chwili kilkudziesięciu tysięcy, a działalność Andean Medicine Centre budzi coraz większe zainteresowanie nie tylko w Polsce, lecz także w USA, Kanadzie, Australii, Izraelu, RPA i Czechach.

Preparaty roślinne zaordynowane przez lekarzy można - w krótkim terminie - zakupić za pośrednictwem AMC. **Ceny są umiarkowane** i w porównaniu z konwencjonalnymi metodami leczenia przeprowadzenie wielu kuracji kosztuje znacznie taniej.

Lekarze i personel pomocniczy zatrudniony w AMC mówią po polsku. Faks Centrum Medycyny Andyjskiej włączony jest przez 24 godziny na dobę. Poza godzinami pracy Centrum każ-

przez 24 godziny na dobę. Poza godzinami pracy Centrum każdy z pacjentów może nagrać się na automatyczną sekretarkę. **Żadne pytanie nie pozostaje bez odpowiedzi, a obsługa jest miła, sprawna, kompetentna.**

JAK ZAMAWIAĆ PREPARATY?

Procedura składania zamówień w AMC jest następująca:
Pacjent zainteresowany kuracją leczniczą lub profilaktyczną dzwoni pod numer:
0044-171-531-6879 lub 0044-171-515-5192
korzysta z faksu:
0044-171-515-5323,
pisze na adres:
BCM 4748, London WC1 3XX
albo korzysta z Internetu
www.vilcacora.co.uk
Po rozmowie z konsultantem lub lekarzem, w zależności od konkretnego przypadku, zostaje określona indywidualna kuracja i jej składniki. Jeśli pytanie nadchodzi do AMC faksem lub listownie, jego pracownicy w możliwie jak najkrótszym czasie udzielają odpowiedzi.

Preparaty, wchodzące w skład kuracji, pacjent może natychmiast zamówić za pośrednictwem Andean Medicine Centre, a **czas oczekiwania z reguły nie przekracza dwóch tygodni.**

Jednocześnie **gwarantowana jest najwyższa jakość preparatów** nabywanych za pośrednictwem AMC, bowiem pochodzą one z czołowych peruwiańskich laboratoriów, gdzie ich skład i czystość poddawane są stałemu komputerowemu monitoringowi. Wszystkie preparaty zaopatrzone są w odpowiednie certyfikaty peruwiańskiego Ministerstwa Zdrowia i peruwiańskich władz sanitarnych, spełniając tym samym najwyższe standardy światowe.

W chwili obecnej główne preparaty, za pomocą których można leczyć się w AMC, to: **asmachilca, caigua, chanca piedra, chuchuhuasi, cuti-cuti, flor de arena, hercampuri, maca, manayupa, muña-muña, pasuchaca, pro-figura, pro-prostata, sangre de drago, tahuari, wirawira oraz vilcacora.** Ta ostatnia nie tylko w różnych postaciach (kapsułki, saszetki, ekstrakt), ale również wzbogacona o chrząstkę rekina.

Skuteczność tych preparatów potwierdzona jest wieloletnią praktyką kliniczną w wielu placówkach prywatnych i państwowych z Limy, Iquitos i Pucallpy, a rezultaty osiągane dzięki ich użyciu są często rewelacyjne. Można stosować je nie tylko w przypadku choroby. Większość z nich wykazuje bardzo dobre działanie profilaktyczne.

W tej chwili trwają prace przygotowawcze, mające na celu powołanie do życia specjalnej fundacji, która w przyszłości przejmie część kosztów kuracji pacjentów, znajdujących się w najcięższej sytuacji materialnej.

Certyfikat jakości vilcacory z laboratorium Induquimica w Limie

Industrias e
Inversiones
Quimicas S.A.

Industrias e
Inversiones
Quimicas S.A.

Laboratorios Induquímica

Prolongación Sucre 1042 Magdalena - Lima 17 - Perú Telef. 462-9371 Telefax 461-7211

CERTIFICADO

Por la presente certificamos que nuestra empresa LABORATORIOS INDUQUIMICA S.A. mediante su oficina comercial de Miami, INDUQUIMICA CORPORATION posee licencia de la FDA de Estados Unidos para la venta al Público de los siguientes productos:

- Uña De Gato micropulverizada

- Uña De Gato en extracto

- Maca

- Chanca Piedra

- Caigua

- Pasuchaca

- "SHARKCAT" sm

Estos productos se expenden a distribuidores y Público consumidor con una marca propia que responde al nombre de "VITAHERBAL".

Lima, 28 de Diciembre de 1995

LABORATORIOS INDUQUIMICA S.A.

Cristhian J. Quintanilla

STATE OF FLORIDA
COUNTY OF DADE

Sworn to (or affirmed) and subscribed before me this 4th day of Dic 1996, by CRISTHIAN J. QUINTANILLA

N. DIAZ
My Comm Exp. 7/20/99
Bonded By Service
No. CC484649

Signature of Notary Public - State of Fl...

Certyfikat potwierdzający dopuszczenie m.in. preparatów maca, vilcacora i pasuchaca z laboratoriów Induquimica do obrotu w USA

Laboratories Induquímica S.A.

Calle Santa Lucila Mz S-1 Lote 4 Nº 15ª Urb. Villa Marina - Chorrillos
Telf.: 254-8451 / 254-8452 Fax 254-8453 Email: induquim +@ amauta.rcp.net.pe

LABORATORIOS INDUQUIMICA S.A.
QUALITY CONTROL DEPARTMENT
CERTIFICATE OF ANALYSES # 97018

PRODUCT   MANAYUPA 350 mg. Capsules.
LOT NUMBER   P-96112X
FABRICATION DATE   01/98.
RECEPTION DATE   01/98.
ANALYSIS DATE   01/98.
EXPIRATION DATE   01/2001

TEST	ESPECIFICATION	RESULTS
1 -DESCRIPTION	Capsules transparent of gelatin hard Nº 0, contain powder green clear color	Complies.
2 -AVERAGE WEIGHT / Capsules	424 mg. - 476mg.	451mg.
3.- AVERAGE WEIGHT CONTENT / Capsules	324 mg- 376mg	354mg
4.-DESINTEGRATION	Not more than 30 minutes	7 minutes.
5.- LOSS ON DRYING	Not more than 10 %	5.1 %.
6.-IDENTIFICATION	Chromatography profile similar standard	Complies
7.- MICROBIOLOGY CONTROL. MICROBIAL LIMIT Total aerobic count Mold and yeast	Not more than 1000 UFC/g. Not more than 100 UFC/g.	<10 UFC/g. < 100 UFC/g.
PATOGENIC Staphylococcus aureus Escherichia coli. Salmonella typhi Pseudomona aeruginosa	Absence Absence Absence Absence	Complies Complies. Complies. Complies.

REFERENCE
- Pharmacopoeia of the Estates United USP 23
- Analytical technical of the Department of Quality Control of Laboratories Induquimica S.A.

RESULT   APROVED

ANALYST   Q.F. JESUS LEON PICHIULE.

Dr. JESÚS LEON P.
QUALITY CONTROL CHIEF
C.Q.F.P 494

Dra. ELENA LI PEREYRA
TECHNICAL DIRECTOR
C.Q.F.P 5029

Certyfikat jakości manayupy z laboratorium Induquimica w Limie

Andean Medicine Centre Ltd.
BCM 4748, London WC1 3XX,
Wielka Brytania

Zestawy kuracji zalecane przez Andean Medicine Centre przy leczeniu niektórych schorzeń*

UWAGI OGÓLNE
do wszystkich PODANYCH TU KURACJI:

1. Poniższe sposoby dawkowania opracowano **dla osób dorosłych** o prawidłowej wadze ciała. W przypadku znacznej otyłości można dawki zwiększyć o połowę. **Dzieciom** podajemy połowę dawki dorosłych. Dawkowanie dla **dzieci poniżej 3 roku życia** każdorazowo określa lekarz.

2. Preparatów andyjskich **nie podajemy**:
- w trakcie **chemio- i radioterapii.**
(Można je podawać trzy dni po zakończeniu chemio- i radioterapii, ale podawanie należy przerwać trzy dni przed kolejnym cyklem chemio- i radioterapii),
- pacjentkom **w ciąży,**
- pacjentom **po przeszczepach** lub przed **planowanym przeszczepem,**
- w przypadku **przetaczania krwi** oraz **preparatów krwiopochodnych.**

3. Każdorazowo **musi odbyć się konsultacja z lekarzem,** jeżeli:
- pacjent bierze **leki hormonalne,**
- wystąpi **uczulenie** na któryś z preparatów i kurację należy przerwać,
- schorzeniom objętym podanymi przez nas kuracjami towarzyszy **cukrzyca I** typu (samej cukrzycy I typu nie leczymy preparatami andyjskimi!)

----
* Kuracje zostały opracowane przez zespół konsultantów AMC w składzie: **Jacek Belczewski, Jacek Kaziński, Alina Lubowska-Rewako i Marek Prusakowski;** obowiązują jeśli lekarz nie zaleci inaczej.

4. Podczas większości kuracji (o ile nie zaznaczono tego inaczej)
obowiązuje poniższa dieta:
Należy spożywać dużo warzyw - zarówno gotowanych, jak surowych (np. w postaci soków); zalecane są zwłaszcza: buraki, brokuły, brukselka, kapusta, kalafior, kukurydza, marchew, papryka, pietruszka, pory, rzepa, seler, rośliny strączkowe (bób, czarna i czerwona fasola, sezonowo - młode strączki grochu cukrowego jedzone w całości), szpinak, szparagi, oraz potrawy z soi. Istotną pozycję diety stanowią owoce. Najbardziej wartościowe to: jabłka, morele i śliwki - także suszone - poza tym owoce cytrusowe, zwłaszcza grejpfruty, ananasy, banany, mango, nowozelandzkie kiwi, papaja, suszone daktyle i figi. Wskazany jest nabiał - w każdej postaci. Z mięs dopuszcza się jedynie chude ryby, cielęcinę lub indyka. Cukier należy całkowicie zastąpić miodem pszczelim - najlepiej spadziowym. Podczas całej kuracji powinno się pić dużo wody mineralnej i naturalnych, niesłodzonych i niekonserwowanych soków owocowych. Zupełnie zrezygnować z artykułów konserwowanych.

5. Jeżeli nie zaznaczono inaczej, wywar przygotowujemy poprzedniego dnia, gotując przez 5 minut 2 płaskie łyżki stołowe suszu roślinnego w 1 litrze wody. Po ugotowaniu zostawiamy do następnego dnia i przed wypiciem przecedzamy.

ZESTAW 1
Sześciotygodniowa kuracja oczyszczająca

Dawkowanie:
MANAYUPA - przez 2 tygodnie pić trzy razy dziennie (między posiłkami) po jednej szklance wywaru lub trzy razy dziennie przyjmować 1-2 kapsułki (ponieważ manayupa działa silnie moczopędnie, nie powinni jej przyjmować pacjenci z przerostem gruczołu krokowego - prostaty. W takich przypadkach wydłużamy do trzech tygodni kurację flor de arena, a następnie 3 tygodnie hercampuri),

a następnie przez 2 tygodnie
FLOR DE ARENA - pić trzy razy dziennie (między posiłkami) po jednej szklance naparu,

a następnie przez 2 tygodnie
HERCAMPURI - przyjmować trzy razy dziennie (między posiłkami) po jednej kapsułce.

Uwaga: Kuracja oczyszczająca może w istotnym stopniu osłabić działanie leków stale przez chorego przyjmowanych, na przykład preparatów stosowanych przy chorobie wieńcowej czy nadciśnieniu. Należy o tym każdorazowo informować lekarza, może bowiem zdarzyć się tak, że podczas kuracji oczyszczającej trzeba będzie zwiększyć dotychczas zalecone dawki. Kuracji oczyszczającej nie powinny przeprowadzać osoby biorące antybiotyki czy leki hormonalne.

Kurację można powtarzać co 4-6 miesięcy.

ZESTAW 2
Kuracja antynowotworowa zalecana także przy mięśniakach, przewlekłej białaczce szpikowej i limfatycznej, szpiczaku mnogim

Dawkowanie:
Pierwszy etap - sześciotygodniowa kuracja oczyszczająca (patrz ZESTAW 1)
W nowotworach bardzo zaawansowanych i nowo rozpoznanych, gdzie zależy na czasie: tylko 1 lub 2 tygodnie manayupy, w innych przypadkach pełna sześciotygodniowa kuracja.

Drugi etap:
VILCACORA - przez 3 miesiące przyjmować trzy razy dziennie (30 minut przed posiłkiem) po dwie kapsułki, przez następne 3 miesiące - trzy razy dziennie po jednej kapsułce (może przejściowo powodować luźniejsze stolce) lub przez 6 miesięcy trzy razy dziennie po 10 kropli ekstraktu,

równocześnie
TAHUARI - pić trzy razy dziennie (między posiłkami) jedną szklankę wywaru (zalecenie stałe),

równocześnie
SANGRE de DRAGO - przez 3 miesiące przyjmować (po posiłku) trzy razy dziennie po 10 kropel (najlepiej zmieszanych z sokiem winogronowym) albo trzy razy dziennie po 1 kapsułce.

Po trzymiesięcznej przerwie można powtórzyć drugi etap.

ZESTAW 3
Profilaktyka antynowotworowa

Dawkowanie:
Pierwszy etap - sześciotygodniowa kuracja oczyszczająca (patrz ZESTAW 1)
Drugi etap:
SANGRE de DRAGO - przez miesiąc pić raz dziennie (po posiłku) 10 kropel rozpuszczonych w przegotowanej wodzie (a najlepiej soku winogronowym) albo przyjmować jedną kapsułkę,

równocześnie
TAHUARI - wypijać jedną szklankę wywaru dziennie (między posiłkami),

równocześnie
VILCACORA - przyjmować raz dziennie (30 minut przed posiłkiem) jedną kapsułkę (może przejściowo powodować luźniejsze stolce) lub raz dziennie po 10 kropli ekstraktu.

Uwaga: Vilcacorę podajemy do 6 miesięcy, następnie należy ją odstawić na trzy miesiące, utrzymując podawanie pozostałych preparatów.

ZESTAW 4
Kuracja odmładzająca, zalecana także przy pomarańczowej skórce (cellulitis)

Dawkowanie:
Pierwszy etap - sześciotygodniowa kuracja oczyszczająca (patrz ZESTAW 1)

Drugi etap:
CHUCHUHUASI - przez miesiąc pić trzy razy dziennie (między posiłkami) po jednej szklance wywaru,

równocześnie
VILCACORA - przyjmować raz dziennie (30 minut przed posiłkiem) jedną kapsułkę lub raz dziennie 10 kropli (może przejściowo powodować luźniejsze stolce). Kuracja vilcacorą powinna trwać do 6 miesięcy,

równocześnie
MACA - przyjmować trzy razy dziennie (między posiłkami) po jednej kapsułce. Kuracja maką, tak jak vilcacorą, powinna trwać do 6 miesięcy.

UWAGA:
Maki nie powinny stosować osoby ze znaczną nadwagą!

ZESTAW 5
Kuracja stosowana przy uporczywych grzybicach skóry, nawracających infekcjach wirusowych i nawracających infekcjach bakteryjnych

Dawkowanie:
MANAYUPA - przez 2 tygodnie pić trzy razy dziennie (między posiłkami) po jednej szklance wywaru lub przyjmować trzy razy dziennie 1-2 kapsułki. Ponieważ manayupa działa silnie moczopędnie, nie powinni jej przyjmować pacjenci z przerostem gruczołu krokowego (prostaty). W takim przypadku należy zastąpić ją flor de arena (trzy razy dziennie, między posiłkami, po jednej szklance naparu albo hercampuri (trzy razy dziennie, między posiłkami, po jednej kapsułce).
Następnie - po zakończeniu przyjmowania manayupy (flor de arena albo hercampuri)

SANGRE DE DRAGO - przyjmować (w trakcie lub po posiłku) trzy razy dziennie po 10 kropli (najlepiej zmieszanych z sokiem winogronowym) albo trzy razy dziennie po 1 kapsułce ekstraktu, równocześnie

VILCACORA - przyjmować trzy razy dziennie (30 minut przed posiłkiem) po jednej kapsułce proszku bądź raz dziennie jedną kapsułkę ekstraktu lub 10 kropli ekstraktu w płynie (może powodować przejściowo luźniejsze stolce)

wraz z
TAHUARI - pić trzy razy dziennie (między posiłkami) po jednej szklance wywaru.

Kurację można powtarzać co 4-6 miesięcy.

ZESTAW 6
Kuracja zalecana przy częstych przeziębieniach, przewlekłym zapaleniu zatok, nawracającym zapaleniu płuc, przewlekłym zapaleniu oskrzeli, nawracającym zapaleniu migdałków (anginie ropnej), przewlekłym zapaleniu krtani, przewlekłym zapaleniu gardła

Dawkowanie:
MANAYUPA - przez 2 tygodnie pić trzy razy dziennie (między posiłkami) po jednej szklance wywaru lub przyjmować trzy razy dziennie 1-2 kapsułki. Ponieważ manayupa działa silnie moczopędnie, nie powinni jej przyjmować pacjenci z przerostem gruczołu krokowego (prostaty). W takim przypadku należy zastąpić ją flor de arena (trzy razy dziennie, między posiłkami, po jednej szklance naparu albo hercampuri (trzy razy dziennie, między posiłkami, po jednej kapsułce).

Następnie - po zakończeniu przyjmowania manayupy (flor de arena albo hercampuri)
VILCACORA - przyjmować trzy razy dziennie (30 minut przed posiłkiem) po jednej kapsułce proszku bądź raz dziennie jedną kapsułkę ekstraktu lub 10 kropli ekstraktu (może przejściowo powodować luźniejsze stolce)
oraz jednocześnie

WIRA-WIRA lub MUÑA-MUÑA, lub ASMACHILCA - każdy z tych preparatów pije się raz dziennie (przed snem) po szklance ciepłego wywaru. Jeżeli pacjent leży w łóżku, może zwiększyć

ich dawkę do trzech szklanek wypijanych dziennie.
WIRA-WIRA i MUÑA-MUÑA zalecane są zwłaszcza w chorobach płuc, zaś ASMACHILCA w chorobach gardła i krtani.

ZESTAW 7
Kuracja zalecana przy zaniku mięśni, gruźlicy płuc, a także dla sportowców i młodzieży w okresie intensywnego dojrzewania oraz osób wyniszczonych chorobą nowotworową; jako wzmacniająca - dla osób w podeszłym wieku

Dawkowanie:
VILCACORA+CHRZĄSTKA REKINA - do 6 miesięcy trzy razy dziennie po jednej kapsułce (może przejściowo powodować luźniejsze stolce),

równocześnie
CHUCHUHASI trzy razy dziennie po jednej szklance wywaru
i
MACA - przyjmować trzy razy dziennie między posiłkami po jednej kapsułce.

Maki nie powinny stosować osoby ze znaczną nadwagą! W takich przypadkach podajemy wyłącznie preparat VILCACORA+CHRZĄSTKA REKINA.

Kuracja powinna trwać aż do uzyskania widocznej poprawy (nawet 6 miesięcy).

ZESTAW 8
Kuracja zalecana przy złamaniach kości, zaburzeniach łaknienia (anoreksja), zaburzeniach miesiączkowania, zrzeszotnieniu kości (osteoporoza), zaburzeniach okresu przekwitania
Dawkowanie:
Pierwszy etap - sześciotygodniowa kuracja oczyszczająca (patrz ZESTAW 1)

Drugi etap:

MACA - przyjmować trzy razy dziennie (między posiłkami) po jednej kapsułce.

Maki nie powinny przyjmować osoby ze znaczną nadwagą! W takich przypadkach podajemy preparat VILCACORA + CHRZĄSTKA REKINA.

Kuracja powinna trwać aż do uzyskania widocznej poprawy (nawet 6 miesięcy).

W przypadku złamań kości, osteoporozy i menopauzy stosujemy jednocześnie z maką preparat VILCACORA+CHRZĄSTKA REKINA - do 6 miesięcy trzy razy dziennie po jednej kapsułce, do uzyskania poprawy (może przejściowo powodować luźniejsze stolce).

ZESTAW 9
Kuracja zalecana przy chorobie i zespole Parkinsona oraz w stwardnieniu rozsianym

Dawkowanie:
Pierwszy etap - sześciotygodniowa kuracja oczyszczająca (patrz ZESTAW 1)

Drugi etap:
CHUCHUHUASI - trzy razy dziennie pić (między posiłkami) po jednej szklance wywaru
oraz
MACA trzy razy dziennie po jednej kapsułce
oraz
VILCACORA - do 6 miesięcy trzy razy dziennie (30 minut przed posiłkami) po jednej kapsułce proszku bądź raz dziennie jedną kapsułkę ekstraktu lub 10 kropli ekstraktu w płynie (może przejściowo powodować luźniejsze stolce).
Kuracja właściwa jest długotrwała i trwa latami. Chuchuhuasi i makę przyjmuje się bez przerwy, natomiast vilcacorę - po trzech miesiącach przerwy - można przyjmować przez następne 6 miesięcy.

ZESTAW 10
Kuracja zalecana przy wzdęciach, nadkwasocie, infekcjach jelitowych, biegunce, nieżycie żołądkowo-jelitowym przewlekłym, zaparciach nawykowych, przewlekłym nieżycie żołądka, chorobie żołądka i dwunastnicy

Dawkowanie:
Pierwszy etap - sześciotygodniowa kuracja oczyszczająca (patrz ZESTAW 1)
Drugi etap - trzymiesięczny:
SANGRE DE DRAGO - przyjmować (w trakcie lub po posiłku) trzy razy dziennie po 10 kropli (najlepiej rozpuszczone w soku winogronowym) albo trzy razy dziennie po 1 kapsułce ekstraktu oraz jednocześnie
VILCACORA - przyjmować trzy razy dziennie (30 minut przed posiłkami) po jednej kapsułce proszku lub raz dziennie jedną kapsułkę ekstraktu bądź 10 kropli ekstraktu w płynie (może przejściowo powodować luźniejsze stolce)

i
TAHUARI - pić trzy razy dziennie (między posiłkami) po jednej szklance wywaru.

Kurację można powtarzać po dwumiesięcznej przerwie.

ZESTAW 11
Kuracja zalecana przy przewlekłym zapaleniu pęcherzyka żółciowego, marskości wątroby, AIDS, wirusowym zapaleniu wątroby typu B i C
Dawkowanie:
MANAYUPA - przez 2 tygodnie pić trzy razy dziennie (między posiłkami) po jednej szklance wywaru lub przyjmować trzy razy dziennie 1-2 kapsułki. Ponieważ manayupa działa silnie moczopędnie, nie powinni jej przyjmować pacjenci z przerostem gruczołu krokowego (prostaty). W takim przypadku należy zastąpić ją flor de arena (trzy razy dziennie, między posiłkami, po jednej szklance naparu albo hercampuri (trzy razy dziennie, między posiłkami, po jednej kapsułce).

Po zakończeniu przyjmowania manayupy (flor de arena albo hercampuri) przez następne 4 tygodnie:
HERCAMPURI - przyjmować trzy razy dziennie (między posiłkami) po jednej kapsułce,

jednocześnie
CAIGUA - do ustąpienia objawów choroby trzy razy dziennie po jednej kapsułce (między posiłkami)

oraz jednocześnie
VILCACORA - przyjmować trzy razy dziennie (30 minut przed posiłkami) po jednej kapsułce proszku bądź raz dziennie kapsułkę ekstraktu lub 10 kropli ekstraktu w płynie (może powodować luźniejsze stolce).

Kuracja może trwać do 6 miesięcy, a po jednomiesięcznej przerwie można ją powtórzyć.

ZESTAW 12
Kuracja zalecana przy cukrzycy II typu i przewlekłym zapaleniu trzustki

Dawkowanie:
Pierwszy etap - sześciotygodniowa kuracja oczyszczająca (patrz ZESTAW 1)
Drugi etap:
CUTI-CUTI - przez miesiąc pić dwa razy dziennie po szklance wywaru: pierwszą na czczo rano przed śniadaniem, drugą przed obiadem

oraz jednocześnie
SANGRE DE DRAGO - przez miesiąc przyjmować raz dziennie 15 kropli (w trakcie lub po posiłku, najlepiej rozpuszczone w soku winogronowym) albo po 1 kapsułce ekstraktu (po posiłku).

Po dwutygodniowej przerwie całą kurację można powtórzyć.

W leczeniu cukrzycy II typu bardzo skuteczna jest
PASUCHACA - pić trzy razy dziennie (między posiłkami) po jednej szklance wywaru, aż do uzyskania wyraźnej poprawy

stanu zdrowia (nawet kilka miesięcy). Można przyjmować ją jednocześnie z cuti-cuti i sangre de drago.

ZESTAW 13
Kuracja zalecana przy kamicy pęcherzyka żółciowego, piasku w drogach moczowych, kamicy nerkowej

Dawkowanie:
Pierwszy etap - sześciotygodniowa kuracja oczyszczająca (patrz ZESTAW 1)
Drugi etap:
CHANCA PIEDRA - co najmniej przez pół roku przyjmować trzy razy dziennie po 1 kapsułce (między posiłkami)

oraz rozpoczynając w tym samym czasie
VILCACORA - przez 3 miesiące przyjmować trzy razy dziennie jedną kapsułkę proszku (30 minut przed posiłkiem) bądź raz dziennie jedną kapsułkę ekstraktu lub 10 kropli ekstraktu w płynie (może przejściowo powodować luźniejsze stolce).

W stanie ostrym - kolka nerkowa - można pominąć pierwszy etap, to znaczy sześciotygodniową kurację oczyszczającą.

ZESTAW 14
Kuracja zalecana przy przewlekłym odmiedniczkowym zapaleniu nerek, zapaleniu pęcherza i infekcjach układu moczowego

Dawkowanie:
Pierwszy etap - sześciotygodniowa kuracja oczyszczająca (patrz ZESTAW 1)
Drugi etap:
VILCACORA - do ustąpienia objawów (ale nie krócej niż jeden miesiąc) przyjmować trzy razy dziennie po jednej kapsułce proszku (30 minut przed posiłkami) bądź jedną kapsułkę ekstraktu lub 10 kropli ekstraktu w płynie (może przejściowo powodować luźniejsze stolce),

oraz w tym samym czasie
FLOR DE ARENA - do ustąpienia objawów (także nie krócej

niż miesiąc) pić trzy razy dziennie (między posiłkami) po jednej szklance naparu,
oraz jednocześnie

SANGRE DE DRAGO - przez miesiąc przyjmować trzy razy dziennie 10 kropli (w trakcie lub po posiłku, najlepiej rozpuszczone w soku winogronowym) albo trzy razy dziennie po jednej kapsułce ekstraktu (po posiłku).

Po dwumiesięcznej przerwie kurację można powtórzyć.

ZESTAW 15
Kuracja zalecana przy przewlekłej niewydolności nerek

Dawkowanie:
Pierwszy etap - sześciotygodniowa kuracja oczyszczająca (ZESTAW 1)
Drugi etap:
VILCACORA - do 6 miesięcy przyjmować trzy razy dziennie (30 minut przed posiłkiem) po jednej kapsułce proszku bądź raz dziennie kapsułkę ekstraktu lub 10 kropli ekstraktu w płynie (może przejściowo powodować luźniejsze stolce)

oraz
FLOR DE ARENA jeden raz dziennie po jednej szklance lub 3 razy dziennie po 1/3 szklanki

oraz
SANGRE DE DRAGO raz dziennie 10 kropel.
Kurację można powtórzyć po trzymiesięcznej przerwie.

ZESTAW 16
Kuracja zalecana przy nietrzymaniu moczu, lęku, bezsenności, depresji, uzależnieniu od tytoniu, alkoholizmie i nerwicach

Dawkowanie:
Pierwszy etap - sześciotygodniowa kuracja oczyszczająca (patrz ZESTAW 1)

Drugi etap:
FLOR DE ARENA - przez miesiąc pić trzy razy dziennie (między posiłkami) po jednej szklance wywaru

oraz jednocześnie
CHUCHUHUASI - przez miesiąc pić trzy razy dziennie (między posiłkami) po szklance wywaru.

Trzeci etap:
MACA - przyjmować trzy razy dziennie (pomiędzy posiłkami) po jednej kapsułce. Kuracja powinna trwać aż do uzyskania widocznej poprawy (nawet do 3 miesięcy).

Maki nie powinny stosować osoby ze znaczną nadwagą!
Kurację (wszystkie trzy etapy) można powtórzyć po miesięcznej przerwie.

ZESTAW 17
Kuracja zalecana przy gośćcu, artrozach (zmianach zwyrodnieniowo-wytwórczych stawów), dnie moczanowej ("podagrze"), uogólnionych zmianach zwyrodnieniowych stawów, zesztywniającym zapaleniu stawów, kręgosłupa (chorobie Bechterewa), reumatoidalnym zapaleniu stawów; bólach karku, pleców i krzyża; chorobie zwyrodnieniowej stawu kolanowego, chorobie zwyrodnieniowej stawu biodrowego, zmianach zwyrodnieniowo-wytwórczych kręgosłupa ("korzonki")

Dawkowanie:
Pierwszy etap - sześciotygodniowa kuracja oczyszczająca (patrz ZESTAW 1)
Drugi etap:
VILCACORA - przez trzy miesiące przyjmować trzy razy dziennie (30 minut przed posiłkiem) po 2 kapsułki proszku bądź dwa razy dziennie po jednej kapsułce ekstraktu lub 10 kropli ekstraktu w płynie, a przez kolejne trzy miesiące po jednej kapsułce proszku bądź raz dziennie kapsułkę ekstraktu lub 10 kropli ekstraktu w płynie (może przejściowo powodować luźniejsze stolce)

lub (Z WYJĄTKIEM LECZENIA DNY MOCZANOWEJ!!!)
VILCACORA+CHRZĄSTKA REKINA - do 6 miesięcy przyjmować trzy razy dziennie (30 minut przed posiłkiem) po jednej kapsułce (może przejściowo powodować luźniejsze stolce),

jednocześnie w obu przypadkach podajemy
CHUCHUHUASI - przez 6 miesięcy pić trzy razy dziennie (między posiłkami) po jednej szklance wywaru.

Kurację można powtórzyć po trzymiesięcznej przerwie.

ZESTAW 18
Kuracja zalecana przy otyłości

Dawkowanie:
Pierwszy etap - sześciotygodniowa kuracja oczyszczająca (patrz ZESTAW 1)
Drugi etap:
PRO FIGURA - przez 3 miesiące przyjmować trzy razy dziennie po dwie kapsułki (między posiłkami).

UWAGA: Chorzy na NADCZYNNOŚĆ TARCZYCY powinni skonsultować się z lekarzem !!!

Kurację można powtórzyć po trzymiesięcznej przerwie.
ZESTAW 19
Kuracja zalecana przy nadciśnieniu tętniczym

Dawkowanie:
Pierwszy etap - sześciotygodniowa kuracja oczyszczająca (patrz ZESTAW 1)
Drugi etap:
CHANCA PIEDRA - przez 3 miesiące przyjmować trzy razy dziennie po 1 kapsułce (między posiłkami)

oraz jednocześnie
CAIGUA - przez 3 miesiące przyjmować trzy razy dziennie po jednej kapsułce (między posiłkami).
UWAGA: po normalizacji ciśnienia, jako leczenie podtrzymujące, zaleca się po jednej kapsułce CHANCA PIEDRA i CAIGUI raz dziennie.

ZESTAW 20

Kuracja zalecana przy stanach po udarze mózgu, kłopotach z krążeniem krwi, podwyższonym poziomie cholesterolu, zespole tętnic kręgowych (tzw. zespole podkradania), niedowładzie połowicznym, niewydolności krążenia w centralnym układzie nerwowym, szumie w uszach i zawrotach głowy, hypercholesterolemii, chorobie Buergera, zmianach miażdżycowych naczyń krwionośnych

Dawkowanie:
Pierwszy etap - sześciotygodniowa kuracja oczyszczająca (patrz ZESTAW 1)
Drugi etap -trzymiesięczny:
CHUCHUHUASI - pić trzy razy dziennie (między posiłkami) po jednej szklance wywaru,

jednocześnie
CAIGUA - przyjmować trzy razy dziennie po 1 kapsułce (między posiłkami).
Dla osób z nadwagą zaleca się dodatkowo przyjmowanie w tym samym czasie PRO-FIGURA - trzy razy dziennie po dwie kapsułki (między posiłkami).
Cierpiący na NADCZYNNOŚĆ TARCZYCY przed zastosowaniem PRO-FIGURA powinni skonsultować się z lekarzem.

Drugi etap można powtórzyć po miesięcznej przerwie.

ZESTAW 21

Kuracja zalecana przy zapaleniu żył, hemoroidach, przewlekłym zapaleniu żył, owrzodzeniach i żylakach podudzi

Dawkowanie:
Pierwszy etap - sześciotygodniowa kuracja oczyszczająca (patrz ZESTAW 1)
Drugi etap:
SANGRE DE DRAGO - przez 30 dni przyjmować (w trakcie lub po posiłku) trzy razy dziennie po 10 kropli (najlepiej roz-

puszczonych w soku winogronowym) albo trzy razy dziennie po kapsułce ekstraktu,

równocześnie
VILCACORA - przez trzy miesiące trzy razy dziennie (30 minut przed posiłkiem) po 1 kapsułce proszku bądź dwa razy dziennie kapsułkę ekstraktu lub 10 kropli ekstraktu w płynie (może przejściowo powodować luźniejsze stolce).

Owrzodzenia można przemywać gazikiem zamoczonym w soli fizjologicznej i kilku kroplach SANGRE DE DRAGO. Nie stosować jeśli rana ropieje!

ZESTAW 22

Kuracja zalecana przy toczniu, rybiej łusce, łysieniu plackowatym, sarkoidozie, twardzinie zanikowej (sklerodermii), zapaleniu skóry, skazie białkowej, kolagenozach, chorobie Crohna, amyloidozie przewodu pokarmowego, alergii pyłkowej, alergii pokarmowej, łysieniu, trądziku różowatym, trądziku, półpaścu nawracającym, rumieniu wielopostaciowym, opryszcze, liszaju płaskim, łuszczycy

Dawkowanie:
Pierwszy etap - sześciotygodniowa kuracja oczyszczająca (patrz Zestaw 1)
Drugi etap:
VILCACORA - przez 3 miesiące przyjmować trzy razy dziennie (30 minut przed posiłkiem) po dwie kapsułki proszku bądź dwa razy dziennie po kapsułce ekstraktu lub 10 kropli ekstraktu w płynie, a następnie przez trzy miesiące trzy razy dziennie po jednej kapsułce proszku bądź jedną kapsułkę ekstraktu lub 10 kropli ekstraktu w płynie raz dziennie (może powodować przejściowo luźniejsze stolce).

Kurację można powtórzyć po 3 miesiącach.

ZESTAW 23
Kuracja zalecana przy zapaleniu gruczołu krokowego (prostaty) i przeroście gruczołu krokowego

Dawkowanie:
PRO-PROSTATA - przez 6 miesięcy przyjmować trzy razy dziennie po 2 kapsułki

oraz
SANGRE DE DRAGO trzy razy dziennie po 10 kropli (najlepiej rozpuszczonych w soku winogronowym).

Po miesięcznej przerwie kurację można powtórzyć.

Podczas kuracji obowiązuje dieta:
Należy spożywać dużo warzyw - zarówno gotowanych, jak surowych (np. w postaci soków); zalecane są zwłaszcza: buraki, brokuły, brukselka, kapusta, kalafior, kukurydza, marchew, papryka, pietruszka, pory, rzepa, seler, rośliny strączkowe (bób, czarna i czerwona fasola, sezonowo - młode strączki grochu cukrowego jedzone w całości), szpinak, szparagi oraz potrawy z soi. Istotną pozycję diety stanowią owoce. Najbardziej wartościowe to: jabłka, morele i śliwki - także suszone - poza tym owoce cytrusowe, zwłaszcza grejpfruty, ananasy, banany, mango, nowozelandzkie kiwi, papaja, suszone daktyle i figi. Wskazany jest nabiał - w każdej postaci. Z mięs dopuszcza się jedynie chude ryby, cielęcinę lub indyka.
Cukier należy całkowicie zastąpić miodem pszczelim - najlepiej spadziowym. Zupełnie zrezygnować z artykułów konserwowanych.

ZESTAW 24
Kuracja zalecana przy braku laktacji, anemii, zaburzeniach popędu płciowego i bezpłodności

Dawkowanie:
Pierwszy etap - sześciotygodniowa kuracja oczyszczająca (patrz ZESTAW 1)

Przy braku laktacji etap ten ograniczamy do manayupy pitej przez tydzień trzy razy dziennie po jednej szklance wywaru.

Drugi etap:

SANGRE DE DRAGO - przyjmować (w trakcie lub po posiłku) trzy razy dziennie po jednej kapsułce ekstraktu lub po 10 kropli ekstraktu w płynie (najlepiej rozpuszczonego w soku winogronowym),

MACA - przez 6 miesięcy przyjmować trzy razy dziennie (między posiłkami) po jednej kapsułce.

Maki nie powinny stosować osoby ze znaczną nadwagą!

Po miesięcznej przerwie można powtórzyć drugi etap kuracji.

ZESTAW 25
Kuracja zalecana przy migrenie, miastenii, chorobie Alzheimera, bólach głowy i hypotonii (nadciśnieniu tętniczym)

Dawkowanie:
Pierwszy etap - sześciotygodniowa kuracja oczyszczająca (patrz ZESTAW 1)
Drugi etap:
HERCAMPURI - przez trzy miesiące po jednej kapsułce dziennie (między posiłkami),

jednocześnie
MACA - przez trzy miesiące po jednej kapsułce dziennie (między posiłkami),

jednocześnie
SANGRE DE DRAGO - przyjmować (w trakcie lub po posiłku) raz dziennie po jednej kapsułce ekstraktu lub po 10 kropli ekstraktu w płynie (najlepiej rozpuszczonego w soku winogronowym).
Kurację można powtarzać co 4-6 miesięcy.

Z OSTATNIEJ CHWILI

Wkrótce dzięki AMC do klientów zaczną trafiać także kosmety-ki, przede wszystkim **kremy, mydła, odżywki do włosów i szampony**. Głównym ich składnikiem będą vilcacora i maca, mające dobroczynny, rewitalizujący wpływ na skórę i włosy. W przypadku kremów „Vilcacora" i mydeł o tej samej nazwie, testy laboratoryjne potwierdziły ich niezrównane działanie na-wilżające i przeciwzmarszczkowe. Oprócz tego kremy oparte na vilcacorze wyrównują zabarwienie skóry i powodują zanik prze-barwień. Z kolei szampony „Vilcacora" i „Maca" regenerują ce-bulki włosowe, a włosom nadają elastyczność i połysk. Rewela-cją z pewnością okaże się **specjalny krem**, powodujący zani-kanie blizn pooparzeniowych.

To, że już dawni Inkowie uznawali vilcacorę i makę za rośliny odmładzające, znajduje teraz swoje potwierdzenie w praktyce.

SPIS TREŚCI

*** 7

ZAMIAST WSTĘPU 9

Rozdział I LIMA - CZYTAJ MOLOCH
Nawet w najśmielszych marzeniach 13
Gdzie nigdy nie świeci słońce i nigdy nie pada 16
Żyć i przeżyć w Limie 18
Queros - lud, który nie umiera 22
Świat, który naprawdę istnieje 30
Nasz pierwszy zmartwychwstały 35
Curandero - lekarz pierwszego kontaktu 39
Coś zaczęło się zmieniać... 41

Rozdział II PUCALLPA - DŻUNGLA PO RAZ PIERWSZY
Wielki wyścig 45
Dom bez ścian 50
Klasa w środku dżungli 55
Piranie pływają w Ukajali 64
Pierwszy zagon vilcacory 70

Rozdział III JUNIN I CUZCO - GÓRY, GÓRY
Cisza gorsza od krzyku 77
Przywróceni życiu i światu 78
Szlakiem Ernesta Malinowskiego 84
Peruwiańska Viagra 86
Zaskakujące konkluzje 89
Roślina, która poprawia humor 94

Rozdział IV IQUITOS - DŻUNGLA PO RAZ DRUGI
Nasz „guru" 99
Żyć czy umierać? 101
Wykafelkowane ulice i dom z żelaza 108
Fakty, przede wszystkim fakty 109
„Selva welcome to!" 116
Ten straszny shusupe 117
Wichura nad nami... 119
... Huragan w nas 122

ZAKOŃCZENIE 123
Wy, jako lekarze... 124
Teraz pacjenci 134

CENTRUM MEDYCYNY ANDYJSKIEJ I ZALECANE KURACJE
Dziękuję, że istniejecie! 147
Placówka, jakiej nie było 150
Jak zamawiać preparaty? 152
Zestawy kuracji 155
Z ostatniej chwili 173

Andean Medicine Centre z Londynu

proponuje wszystkim Czytelnikom książki Romana Warszewskiego *„Bóg nam zesłał vilcacorę. Relacje polskich lekarzy"* wydanej przez wydawnictwo Tower Press, wyjątkowy upominek promocyjny w postaci **10 % rabatu na dowolny zestaw ziół AMC** opisany w tej książce. Przypominamy, iż zestawy te odpowiadające konkretnym kuracjom zostały opracowane przez zespół lekarzy-konsultantów Andean Medicine Centre, a ich opis znajdziecie Państwo na poprzedzających stronach. Przedmiotem zamówienia może być również zestaw ziół dowolnie przez Państwa skomponowany (o wartości nie przekraczającej 1000 zł). Możecie także Państwo złożyć zamówienie nie podając zestawu ziół, a jedynie dolegliwości, które wymagają kuracji.

Co zrobić, żeby skorzystać z rabatu?

1. Wystarczy wyciąć tę stronę z książki (w zaznaczonym miejscu) i wypełniwszy kupon zamieszczony na odwrocie wysłać ją na adres **Andean Medicine Centre**: BCM 4748, London WC1N 3XX, Wielka Brytania.

2. Natychmiast po otrzymaniu kuponu, AMC wyśle Państwu specyfikację zamówienia uwzględniającą 10 % rabat, wraz z numerem konta polskiego banku, gdzie należy dokonać wpłaty należności.

3. Zioła zostaną wysłane z Londynu na podany przez Państwa adres niezwłocznie po potwierdzeniu dokonania przelewu.

4. W przypadku jakichkolwiek wątpliwości - można najpierw zadzwonić do AMC (tel.: **0044-171-531-6879** lub **0044-171-515-5192**) i wysłać kupon dopiero po konsultacji z lekarzem. Oczywiście, również w tym przypadku rabat zostanie uwzględniony.

**Kupon rabatowy na kurację ziołową Andean Medicine Centre
- specjalny prezent dla Czytelników książki
*„Bóg nam zesłał vilcacorę. Relacje polskich lekarzy"***

Imię i nazwisko

....

Adres (z kodem pocztowym)

....

Numer telefonu:

....

Niniejszym zamawiam zestaw ziół AMC numer: ....
z rabatem 10 %.

Niniejszym zamawiam następujące zioła AMC z rabatem 10 %:

....

....

....

....

Proszę o przysłanie zestawu ziół AMC (z rabatem 10 %) opracowanego spec-
jalnie dla mnie przez lekarzy-konsultantów AMC. Oto krótka charakterysty-
ka moich dolegliwości:

....

....

....

Zobowiązuje się do uregulowania należności natychmiast po otrzymaniu
specyfikacji.

Data i podpis ....